文芸社セレクション

クオリティ オブ デス

心優しき死神たちの物語

倉島 知恵理

KURASHIMA Chieri

JN087049

文芸社

目次

プロローグ　「死」の開始から完了まで

場面は「命」の終着点。幕が下り始め、旅立つ人の魂を天界へといざなう死神が訪れる。一方、舞台上に横たわる肉体は主を失ったことを知らず、その細胞の大部分はまだ生きようとしている。何故ならミクロの営みは完全に力尽きるまでひたすら継続されるように仕組まれているからである。これは、命あるものの性であり、人間もまた例外ではない。亡くなった後もただ眠っているだけのように見えたり髪の毛や髭が僅かに伸びたりするのは、象徴的な現象と言えるだろう。やがて、これら全ての臓器の働き、組織の機能、そしてあらゆる細胞の生命活動が徐々に止まり、「死」が完了する。こうして、「死」は一本の停止線ではなく時間の帯として存在する。

この事象を刻む時計の針は、蘇生不可能であることが確認された瞬間から動き始める。その「死」が開始して間もなく、臨終の枕元で繰り広げられる別離の光景の中で名前を呼ぶパートナー、あるいは両親、子ども、友人……、さらに葬式の段取りを相談する兄弟の声などは宗教の力を借りなくとも十分本人に届いているものと推察される。また、臓器の生命力が尽きる前に、それを必要としている人のために役立てようとする移植医療の理念が錯綜する時間帯でもある。そして、この場面をもって主治医は退場となる。

病理解剖は、最終的心肺停止に至った最大の原因すなわち直接死因を明らかにするために、家族の同意の下に行われる。その際、執刀する剖検医は、臨床診断に基づく投薬や手術などの治療方針および処置が患者の病態に照らして適切であったかどうかを検証する。

つまり、剖検医は「死」の時間帯の中で患者が出会う最後の医師である。

お医者さん

　1979年（昭和54年）初頭のことだった。彼女の名前は黒木早苗《くろきさなえ》。医学部卒業を目前にして、その心は暗く沈んでいた。人体各部の骨の名称や神経・脈管の走行、重要疾患の主要症状や処置方法、鑑別診断など指導されたことはすべて覚えた。国家試験も難なく合格するだろう。でも、こんなんで本当に医者が務まるのだろうか。

　重大な症状を見落としたまま患者を帰宅させてその患者が死んでしまったら……、文献を誤読して取り返しのつかない致命的な量の投薬を指示してしまったら……、気管チューブを食道に挿管してしまったら……。幾つもの不安が次々に絡まって束になり、背中に圧し掛かっていた。頭は医学知識で満たされているにもかかわらず、早苗は患者を診るのが怖かったのだ。

　外来の診察室に入ってきた患者が丸椅子に腰かけてこちらに顔を向けると、早苗は緊張のために全身の血管が収縮するのを感じた。特に両手のひらは血の気を失って冷たくしっとりと汗ばんだ。そして、指先の細かい震えを患者に気付かれたのではないかと怯える自分が情けなかった。

　早苗のような新人にとって採血は特段に大問題だった。プロになれば採血は簡単にこなせるようになると思っていたが、現実はそう甘くはなかった。前腕部の静脈の走行がほとんどわからない患者が意外に多いのだ。そのため、採血できそうな静脈を見つけるのにたっぷり5分を費やすことも珍しくなかった。刺入角度が悪かったり血管がぺたんこになってしまったりして、ぼそぼそ言い訳をしながら針を複数回刺すこともあった。試験管を用意して待っている看護婦（2002年から看護師）の漏らすため息が耳に入ると、早苗は急激に顔が熱くなるのを感じた。今、自分の顔は恥ずかしいくらいに赤くなっているだろうと考えただけで、さらに首筋までニクロム線を巻かれたようにカーッと熱くなった。

　聴診器を当てている間、疑いの眼差しで露骨に品定めされている居心地の悪さを感じると、患者の呼吸音の前に自分の心臓のドキドキ音が躍り出てきた。お年寄りの患者の中には、この若く経験に乏しい医師の雛に「可愛らしい先生だ」と優しい言葉をかけてくれる者もいたが、「出来の悪い医者だ」と言われているようで、自信を持てないつらさに拍車がかかるばかりだった。

その日、午前中の病棟回診見学で、ぞろぞろとぎこちなく病室に入る数人の医学生たちの中に早苗の姿があった。他の学生の後ろに押しやられ、背の低い彼女は何も見ることができなかった。聞き取れた話の切れ端だけでもメモするつもりで白衣のポケットに手を入れようとすると、何か生温かいものに触れた。誰かの手だ。その手は後ろから早苗の腰を優しく撫でて、そのままミニスカートの裾から股の内側に忍び込もうとした。

「うわぉーっ！」

早苗の発した異様な声に、全員が振り向いて彼女を見た。誰かの手は消えていた。数秒間の気まずい沈黙の後、指導教官である医師は刺すような視線を1度だけ早苗に向けてから、何も聞こえなかったかのように再び説明を始めた。手の主は隣のベッドに横たわる70代の男性患者だった。学生たちが退室する時に早苗が振り返ると、その患者は笑みを浮かべて楽しそうに手を振っていた。

「早苗、お尻タッチされたんだってね。あのおじいちゃんの癖は有名でさ、病棟の看護婦は油断するとお尻だけじゃなく胸をつかまれちゃうって言ってたよ。知らなかったの？」

同級生の山口圭子《やまぐちけいこ》はホットサンドを一口かじると忙しない様子で続けた。

「ねえ、本当にコーヒーだけでいいの？　お尻を触られたくらいで食欲なくしているようじゃ身体がもたないよ」

早苗が何も答えずにいると、圭子はさらに早口になって言った。

「それで、卒業後だけど、早苗はどうすることにした？　大学に残る？」


ランチタイムの御茶の水には若者たちの明るい喧騒が溢れていた。早苗は画材屋の三階にあるコーヒーショップの窓から川の向こう側で冬の日差しに照らされる母校をぼんやり眺めていた。賑やかな話し声や食器の触れ合う音など耳に入らないように、心のブラインドを隙間なく下ろしていた彼女は小さくため息をつくと呟いた。

「私ってさ、なんかダメみたい。どうしたらいいのか、わかんなくなっちゃった。患者を診るのが怖いの。たぶん医者に向いてないんだと思う。お見合いとかしてさ、お嫁にいっちゃおうかな……」

圭子は時計に目をやると眉をしかめて言った。

「小児科のポリクリに遅れちゃうから、先に行くけどさ……、今さら結婚に逃げるなんてダメよ。医者の仕事がそんなに心配なら、死んじゃう病気には滅多にお目にかからない皮膚科とか精神科とか眼科はどう？　私はね、神経内科をやりたいと思ってるの。出来たばかりの新しい科だから気楽だし、きっと面白いと思う。誰だって最初から名医になれるわけないいんだから、少しくらいドジっても気にすることないって。慣れてしまえばたいしたことないよ」

圭子は周囲を気にするように少し低い声になって続けた。

「例えばさ、『女はいらない』って公言している外科に入ったとして、頑張っても手術に参加させてもらえるのはせいぜい『鈎持ち《こうも》』まで、なかなかメスも握らせてもらえない。しゃれにもならないよ。内科は年季の入ったおじさんがいっぱいつかえちゃってる。医局を覗くと禿か白髪頭ばっかりで、見た目はみんな教授みたいだもんね」

自分の発した言葉が可笑しくて、圭子はクスッと笑ってから続けた。

「だから、選ぶなら将来発展するジャンルでなくちゃね。これからはきっと神経内科が花形になる。細菌学とか生化学とか基礎系の学問は当直がないから女子に向いてるとか言われるけど、地味すぎてつまんないよ。私は臨床系つまり〝お医者さん〟の方がいいな。とりあえず患者さんの病状が良くなればいいじゃん。元気になればそれで十分。基礎科目が嫌いだったから言うわけじゃないけどさ、治りゃいいのよ。理屈は後からついてくるってね、そう思わない？　早苗は考えすぎなのよ。じゃあ先行くね、これ、よかったら食べて」

圭子は食べかけのホットサンドの皿を早苗の前に押しやると、コーヒーを一気に飲み干し、足早に立ち去った。

早苗は皿に目を落とした。よく研いだ包丁で美しく切り分けられたホットサンドの残り半分の切り口からキャベツの千切りが数本、溶けたチーズとからまって皿にこぼれ出ていた。幸せそうな圭子が羨ましかった。


まだ小さな子どもだった頃、テレビのベン・ケーシー（外科医を主人公にしたアメリカのテレビドラマ）に出てくる女医さんが素敵だと思った。そして、医学部を卒業すれば誰でも、勿論自分もそのようになれると漠然と信じていた。早苗はまじめに中学生生活を終え、高校では受験勉強に励み、医学部に現役で合格、大学でも成績優秀だった。

大学では与えられた新しい知識を積み重ねていくことの満足感を楽しんだ。彼女の美しく緻密に記録された授業ノートのコピーは同学年の学生のみならず、後続学年の学生たちにも代々愛用された。

ところが、卒業目前のこの時期になると、様相は一変した。医学部学生の多くは卒業後の進路を決めて各医局や研究室で研修と呼ばれる下働きを始めているが、早苗は未だに自分の将来像を上手く描くことができずにいた。

前途有望の道を何の迷いもなく先頭を切って登ってきたのに、目の前の道が突然途切れてしまったのだ。そこから「飛べ！」と命じられた鶏のように自分は無様だと思った。早苗のノートのおかげで進級してきた同級生たちは、いつの間にか立派な翼を広げて次々に飛び立って行く。

『私、鶏だったんだ……』

早苗は置いて行かれる者の不安を初めて味わっていた。「医師の資格を手に入れた時がスタート、決してゴールだと誤解してはいけない」という使い古されたフレーズが、新鮮なキャッチコピーのように、店内を流れる中島みゆきの『時代』と共に早苗の頭の中を廻っていた。

「ようっ、そのサンドウィッチの中に君が隠れるのは無理だぜ。それからですね……昼時に1人で4人がけの席を占領しちゃいけませんよ。黒木君」

立石文彦《たていしふみひこ》は早苗が何も言わないうちに彼女の前の席に座った。彼は早苗の二学年上で病理学教室の大学院生だった。座ると同時に煙草に火を点け、一息吸い込むと続けて言った。

「ねぇ、それさ、そんなに変なのか？」

「えっ、何がですか?」

「皿の上のパンだよ。さっきから出土品を観察する考古学者みたいに、見つめているけど……。君が食べないなら本当の石になっちゃう前に僕が食べてあげよう。いただきまーす」

立石は煙草を持っていない左手で小さなホットサンドを口に放り込んだ。早苗はこの図々しい上級生を好きではなかった。九州出身であることを誇りにしている彼は粗野に振る舞うことを格好良いと思っているらしい。「男は女より上位、嫁は家を守るべし」と信じる今どき珍しい単細胞な男に見えた。

病理実習で早苗が顕微鏡を覗いていると、立石は傍らで男子学生を集めては卑猥な話を楽しそうにしていた。

「結婚している奴はいいよなあ。奥さんがお袋みたいに家のことやってくれて、おまけに夜は一緒におねんねだ、それもタダで……僕も早く結婚したい!」

という彼の持論は早苗にとって最も不快なものだった。

立石は思い出したように言った。

「今日はあのぅ、ほら、神経内科の助手とできてる娘は一緒じゃないのか?」

「さっきまでいたんですけど、ポリクリがあるって、先に行きました。それから、今、立石先生が食べたのはその山口圭子さんの食べ残しですからね」

早苗は立石の咀嚼運動が一瞬止まったのを見て、少しいい気分だった。その時、今まで下りていた心のブラインドが少し揺れて、現実世界が流れ込んできた。彼女は思った。

『この先輩は何故臨床に行かなかったのだろう？　この図々しさなら臨床医がぴったりなのに病理を選んだ。どんな理由があるのだろうか……』

それから背筋を伸ばすと静かに尋ねた。

「立石先生はどうして外科や内科のような臨床系ではなくて基礎系の病理に入ったのですか？」

早苗が唐突に直球勝負に出たので、立石は少し迷っているように視線を店内一周させた。そして言った。

「どうしてそんなことを訊くの？　まあいいか。理由は色々さ。親父は熊本の開業医だけど、兄貴が継いでくれるから僕は自由なのよ。僕は将来教授になりたいと思っている。そのためには、競争相手がいっぱいの臨床系より基礎系の大学院に進んで先に学位を貰った方が近道なんだ。それからちょっと留学して箔を付けてさ……。打算的だと思われるかも知れないけど、勝つためには頭を使わないとね。それから、病理は基礎系に分類されてるけど本当は違うんだ。病理はね、基礎と臨床の両方にまたがるワンランク上の学問さ」

　立石は早苗の反応を窺うように煙を吐き出し、灰皿に煙草を押し付けて丁寧に消してから話を続けた。

「我が校は元々歯科専門学校だった。太平洋戦争中に医者を増やすために医学部増設が計画されたそうだ。当時の政治家は有事に歯医者を増やしても、国力増強にはならないと考えたのだろう。でも、素人を医者に仕立てるより歯科の学生を医科に横流しした方が手っ取り早いということに気が付いたんじゃないかな。まあ、理由はともかく、誇り高き歯学部と比べると、混乱の中で速成された医学部の歴史は浅く、教授は間に合わせに本郷（本郷には東大がある）から連れてきたというわけだ。あっちに返り咲きたくて、教授たちの頭はみんな本郷の方を向いている。新入生の多くは理三（東大医学部）の落武者だから、卒業生の中にも東大コンプレックスの奴は多いぜ。でも、今度は大学入試もガラッと変わるらしいし、将来はどうなるかわからないね（この頃から国公立大学共通一次試験が行われるようになった）」

　立石はここで言葉を切ってから、唯我独尊的結論を語りだした。

「とにかく僕は違う。教授になって優秀な人材を集め、最強チームを作り、狙うのは東大じゃない、世界だよ、ノーベル賞だよ、黒木君。ところで、国家試験が終わったらどうするの？　君は医者になってから先のこと考えてるのかい？　たとえば家を継ぐとかさ」

「家は医者ではありません。父は税理士、母は専業主婦ですから……」

早苗はそう答えながら、あなたも本当は東大に行きたかったのですねと意地悪く言い返したいと思った。しかし、その気持ちが押し止められるほど、立石の口調は真剣で情熱的だった。彼は手を振ってウェートレスを呼びながら言った。

「それなら、慌てて『お医者』になって稼がなくてもいいんだろう？　大学院の試験、受けてみないか？　金時計候補（最も成績優秀な学生には大学から金時計が贈られた）の君なら特別には勉強しなくても合格するだろう。今年から受験科目数が減ったから、ドイツ語を少し思い出せば楽勝さ。病理においでよ。チーム立石の主力メンバーになるチャンスだぜ！」

不思議なことに、早苗はあっけなくその気になっていた。医師免許を持っているだけのタダの人として世の荒波に放り出される心細さから逃れたかったのだ。チーム立石は冗談としても、とりあえず大学院4年間の猶予は今の自分には打ってつけの知的シェルターに思えた。今まで考えなかったカッコイイ活路を開けそうな、魅力的な誘いだった。早苗は微笑みながら首を小さく横に振って言った。

「私は2番、金時計は山口圭子さんです」

陰性の証明

「この標本が口腔側の切除断端だ。癌が陽性だったところだよ。切除断端に癌が露出している……、つまり身体側の切り口の対面に癌を残してきたことは明らかだ。ほら、ここを見てごらん」

立石はディスカッション顕微鏡（1つの標本を両側から2人で鏡検できる顕微鏡）から顔を上げると、タバコに手を伸ばしながら続けて言った。

「ところで、例の菓子折の底には金額にしてどれくらい入っていたんだろうな」

相手は接眼レンズの位置を自分の目と合わせるのに苦労しながら答えた。

「さあどうですかね。ああ、本当だ。断端に癌がありますね。あと7ミリ長く取っていたらセーフだったのに……」

立石がフーッと煙を吐き出すと、相手はそれをさりげなく避けるように頭を傾けて続けた。

「金額までは知らないです。病理の下山《しもやま》教授は箱の中に現金が入っていることに気付いてすぐに医学部長に報告したらしいって、うちの医局秘書が言っていました。それでこの話が一気に広まったそうです。怪文書も回り始めたようですから、間もなく学内に調査委員会が召集されるという噂ですよ。こっちも観ていいですか？」

「いいよ、さすが臨床系は情報が早いね」

立石が答えると相手は標本トレーから他のプレパラートを取り上げ、ぎこちなくステージに載せてレンズを覗く動作を繰り返しながら声をあげた。

「あれっ、でも所属リンパ節は29個全部陰性ですね。転移がないのに、原発巣を取り残すなんて……惜しかったな」

「さぁ、どうかな？　もしも29個のうち1個でも癌が見つかれば、転移あり、つまり『陽性』ということになる。ところがだ、調べた範囲内に転移が見つからないからと言って、転移なし、『陰性』と断定することはできない。ほら、ここにある血管とリンパ管の中に癌細胞が見えるだろう。これらの癌細胞のいくつかは免疫系の防御を突破して離れた場所に転移巣を作る可能性は高い。術前には遠隔臓器への転移は見つかってないけれど、注意深くフォローするべきだろうね。来週の臨床病理カンファレンスではこの顕微鏡写真を出すからね。それからさ、やっぱり、術中に断端のゲフリール（凍結法による迅速病理診断）をオーダーするべきだった。これは明らかに術者の判断ミスだ。そっちの坂本《さかもと》講師に伝えておいてくださいよ。お互い隠し球はなしにしようってね」

「でも先週のオペでは、開腹したままゲフの返事を待っていたのに病理から返ってきたのは『不明』って答えだったでしょ、それで坂本先生はプッツンしたんですよ」

相手が不満そうにそう言うと、立石は首を横に振って諭すように語った。

「あれは外科の誰かさんがコッヘル（有鈎鉗子）で強く摘まんで思いっきり引っ張ったために組織が挫滅して診断できなかったんだ。我々は標本を見て診断するんだよ、鏡検可能な標本を。だから、適切な部位から適切な方法で採取された組織をこっちに回してくれなくちゃ診断できないよ」

臨床病理カンファレンス（CPC）とは、手術で摘出された病的部位を中心に術前の診断や投薬が適切であったかどうか、手術では腫瘍などの目的範囲が十分に取りきれているかどうか、全身管理は万全であったかなどを検証し、最終的な病理診断が提出される会議である。死亡例の場合には、これらの検討事項に剖検所見と直接死因が加えられる。本来の目的は医療の質の向上に外ならないものであるが、この会議は時に犯人探しの様相を帯び、臨床医の間では「裁判」と呼ばれていた。

立石との打ち合わせを終えた消化器外科の研修医が大学院研究室から出て行くと、

自分のデスクで2人のやりとりを聞いていた早苗は振り返って立石に言った。

「菓子折の底のお金って、心臓血管外科の教授選の話ですよね。賄賂《わいろ》っていうこと？　教授になるため、一票を投じてもらうためにお金を渡すなんて、まるで大昔の『白い巨塔』そのまんまじゃん。そんなことしたらかえってイメージダウンだし、悪いことだって子どもでも知っていることなのにねぇ。それに、この時代になっても受け取る人がいるなんて……なんか変」

「まあね。ところが噂によると受け取る人はいるらしい。現金は証拠が残らないだろ、つまり1番安全だからね。臨床系の講座は薬屋と医療機器屋のカネも流れ込んでぐちゃぐちゃなのが普通なんだ。研究費、人件費、旅費とかいろんな形で経費に紛れさせるのは、それほど難しいことじゃない。おまけに現金なら架空の書類を作成する手間も要らないもんね。まあ、どの業界でも選挙というやつにはカネが付いて回る。医学部ってさ、外からは先進的で洗練されているように見えるけど、意外に泥臭くて保守的だからね。保守的と言えば、女性教授の人数だって他の学部より少ないだろう？　どうだ黒木君、我が校の女性教授を目指すか」

「モーレツ嫌な感じ……」

早苗がそう言ってため息をついたところに、加藤正輝《かとうまさき》が数冊の分厚い医学雑誌を重そうに抱えて研究室に入ってきた。加藤は立石の1年先輩である。そのボサボサ頭と腫れぼったい目が、博士論文を仕上げるための徹夜の連続を物語っていた。彼は早苗に言った。

「そんなに嫌な感じか？　1週間着替えてないからやっぱり臭うか？」

早苗は笑いながら加藤に言った。

「違いますよ。加藤先生のことじゃなくて、教授選の賄賂です。うちの下山教授は受け取らなかったらしいですけど」

立石が早苗の言葉に付け加えるように言った。

「たぶん学外からの立候補者だろうな、病理にまで手を伸ばすなんてさ。うちの教授ももらっちゃえばよかったんだよ。慌てて返すなんて、カネをもらい慣れてない病理らしいよな」

「おぅ、その話、さっき聞いたよ。臨床系の医局前に報道の腕章つけた奴がウロウロしてた。病理には来ないだろうな。我々はカネに縁がないもんね……。下山教授の机の上には札束じゃなくて、医者と結婚したい良家の令嬢の見合い写真が山積みになってる」

そう言いながら加藤は灰色がかったベージュに変色したしわだらけの白衣のポケットから煙草を出し、火を点けた。狭い研究室に煙が層をなして棚引いた。加藤が自分の椅子に腰を下ろし、吸殻が山になっている立石の灰皿を引き寄せているところに助手（現在の助教）の芳賀《はが》が入ってきた。

芳賀は顔をしかめて言った。

「この部屋は喫煙による発癌実験実施中か？　いや、その前に酸欠で倒れそうだな」

そして早苗の方に顔を向けて続けた。

「女のクセに、先輩たちのために窓を開けるくらいの気が利かないのかね、黒木君？」

早苗はムッとした顔つきで立ち上がり、床に放り出されたままの加藤の寝袋をまたいで、一つしかない小さな窓を開けた。芳賀は早苗の憮然とした表情と態度を楽しそうに目で追ってから、加藤に言った。

「教授に一文直されただけで、また徹夜で全文タイプ打ち直しか？」

加藤は返事をする代わりに、無表情のまま上を向き、天井に向かって煙を吐き出した。芳賀は続けて言った。

「どうせ本筋には関係のない、どうでもいい文章をいじくったんだろう？　僕だったら1日置いて教授が忘れた頃に、もとのまま提出するね」

早苗はびっくりして、思わず尋ねた。

「えっ、芳賀先生の時はそんなことしちゃったんですか？」

するとと芳賀はニヤリとして答えた。

「論文要旨はちゃんと教授に見てもらったさ、日本語でね。でも英文はネイティブのチェックの方が確実だから、外注したよ。目標は教授のオーケーじゃなくて、海外の有名医学雑誌に投稿してアクセプト（掲載の価値があると認められ、受け入れてもらえること）されることだ。レベルの高い雑誌にアクセプトされれば、学位審査も楽にクリアーできる。それはそうと、今日の剖検当番は君たち大学院。ゲフリールの係は？」

加藤が無言で手を挙げると、芳賀は研究室から足早に出て行った。

「芳賀先生は何しに来たんでしょう？」

素朴な疑問が早苗の口をついて出た。立石が苦々しい顔つきになって言った。

「さあね、将来に備えて管理職ぶってるんだ。あいつは動物実験ばかりやっていて、人体病理には興味がないんだろう。それとも本当は病理診断に自信がないのかな……」

「でも、芳賀先生の論文は権威あるアメリカの実験医学誌に載って、評価高いですよ。立石先生もノーベル賞を狙うなら、もっと芳賀先生のやり方を見習う方がいいんじゃないですかね、そう思いませんか？」

早苗が真面目にそう訊くと、加藤がクスクス笑いながら言った。

「こいつ、黒木君にそんなこと言って病理に誘ったのか。そりゃ気の毒だったね。海外では確かに病理学者の地位は高いよ。ほら、世界的ベストセラーになったアーサー・ヘイリーの『最後の診断』では、病理医が主人公になっていたもんね。でも、日本は全然違うんだな。病理医はどんなに頑張っても、医学会での地位は臨床医より低い。何故だかわかるか？」

さっきまでどんよりとしていた加藤の眼差しが鋭く光りだしていた。早苗は1年ほど前に『最後の診断』を読んでいたが、まだ学生だった彼女は病理医に特別なイメージを持たなかったことを思い出しながら答えた。

「たしか……主人公の病理医が格好いいなと思いました。あの物語では、医者は専門分野にかかわらず皆同じように医者で、病理はその中でも権威があるって感じでしたよね……。病理医は病理診断学に加えて臨床的な知識もバッチリで、他科の医者たちから一目置かれていました」

そして、早苗は大げさに研究室を見回す仕草をしてから付け加えた。

「あの小説を読んだ頃は、病理研究室のこの有様を知りませんでしたから……」

加藤は名探偵ホームズが謎解きを語る時のように楽しそうな表情になって言った。

「そのとおり！　アメリカでは病理医は臨床医なんだよ。病理医は必要に応じて直接患者を診る。僕は日本の病理もそうあるべきだと思っている。ところがだ、日本の医学界においては、外科は内科を見下し、内科は耳鼻科を見下し、耳鼻科は皮膚科を見下し、皮膚科は病理科を見下すというわけだ。ほら、霞が関と同じさ。大蔵省が1番偉くて文部省が1番下、我々はその文部省の顔色を窺って科研費の申請をする」

　すると、立石が可笑しそうに笑いながら言った。

「でも、病理医が今の加藤さんみたいな風体で診察室に現れたら、患者は間違いなく逃げ出すと思うなぁ。臨床医の自覚があるなら、少なくともそのぼさぼさの髪を何とかして爪ぐらい切った方がいいね、はっ、はっ、はっ」

震える心臓

研究室の廊下側の壁に小さな黒板が吊るされている。反対側の病理医局から助手の芳賀が出てきて、その黒板に臨床診断名と死亡時刻を書き込んだ。彼は自分の書いた文字の配置を確かめて満足そうに頷いた。そして、チョークを置いた芳賀は研究室のドアを1度ノックして返事を待たずに開けて言った。

「剖検の依頼」

芳賀は煙草の煙を吸い込まないように用件だけを告げてバタンとドアを閉めた。

早苗はすぐに立ち上がり薄暗い廊下に出て黒板を見た。

それは心臓血管外科の症例だった。診断名は心房中隔欠損＋三尖弁《さんせんべん》閉鎖不全＋僧帽《そうぼう》弁《べん》閉鎖不全、術後と記されていた。早苗は研究室に戻ると2人の先輩に言った。

「心臓の術後、死後1時間半のフレッシュな症例です」

診断名を聞いた加藤が言った。

「欠損部の縫合と弁置換の術後っていうことか……。ところで、拡張型心筋症とか他に治療法がない場合に心臓移植を考えるって言うでしょ、思うんだけど、この症例みたいに中隔欠損と2つ以上の弁の異常がある症例は心臓移植の対象になるのかな。あー、臓器を提供するドナーの数が圧倒的少数だから、考えるだけ無駄か……」

一呼吸おいて、加藤は続けて言った。

「ほら、昭和43年（1968年）にあった日本で1例目の心臓移植術さ。後になって次々と不可思議な点が出てきて、『幻の1例目』になったでしょ」

早苗は驚いて訊いた。

「えっ、何かあったんですか？　昭和43年といえば10年前か……。私、中学生でした。親に内緒で友達と『卒業』を観に行って、色々とカルチャーショックを受けた覚えがあります」

加藤は天井の蛍光灯を見上げて呟いた。

「いい映画だったなぁ、サイモンとガーファンクルの曲が沁みたね。『サウンド・オブ・サイレンス』の詩なんて、明らかに心病んで壊れてたよな……」

早苗は頷いて懐かしそうに言った。

「私は今でも『スカボロー・フェア』が頭の中をぐるぐるすることがあります。あれはベトナム戦争で死んだ若者のことを唄っているんですって……」

移植の話から脱線していることを自覚した早苗は急いで言った。

「それで、さっきの話ですけど、この10年は国内で心臓移植はおこなわれていませんよね」

するとで立石が珍しく真顔になって言った。

「正確には11年前の出来事。そして、その話はタブー」

加藤が少し笑ってから口を開いた。

「いいじゃないか。我々だって先輩から聞かされただけで、本当は何があったのか知らないんだ。だから、これはただの噂話だよ」

加藤は早苗に向き直ると話し始めた。

「この話にはいくつかの疑問点があり、今なお解決されないままになっている。心臓提供のドナーとなった青年は溺死したことになっているが、後に、青年が最初に運び込まれた病院の医師は『蘇生に成功して快方に向かっていたが、翌日出勤すると青年は高度医療のできる病院に深夜のうちに転送されていた』と証言し、救急隊員も同様の証言をしたことから、『死んでいなかった説』が浮上して大騒ぎになったというわけだ。ドナーの司法解剖が行われていれば、死亡する前に心臓を取り出したかどうかわかるけど、その時行われたのは警察の検視だけだった」

加藤は早苗が理解しているかを確かめるように視線を合わせてから続けた。

「それから、移植手術後83日で死亡したレシピエント（移植を受けた患者）の病状だけど、循環器内科の担当医によれば、患者の少年は心臓弁膜症を患っていたが、自力歩行可能で心臓移植を必要とするほどの状態ではなかったと言っている」

解せないという表情を浮かべた早苗が言った。

「通常はもっと重症の心筋症みたいなケースで心臓移植が選択されるのですよね。なんか変じゃありません？」

加藤が頷いて答えた。

「つまり、もともと必要のない心臓移植のために2人の若者が命を奪われた疑いがあるということだ」

早苗は身を乗り出し、加藤の言葉を遮るようにして言った。

「でも、ドナーが死んでいたかどうかは心電図や脳波の記録を見ればわかりますよね。司法解剖が行われなくても、心電図と脳波の記録があれば客観的証拠になると思います」

加藤が立石に目配せをすると、立石はため息交じりに呟いた。

「医師たちはモニター画面を見てドナーの死亡を判断したので記録は残されていないそうだ。おまけにバイタル確認担当の麻酔医はその場にいなかった」

早苗は呆れると同時に怒りにも似た感情をぶつけるように言った。

「そんなの、あり得ない！」

2人の先輩は同意を表明するようにゆっくり頷いた。そして、加藤が話を続けた。

「さて、レシピエントの少年の死因はHVGつまり単純な拒絶反応だった。一説によると、当然投与されるべき免疫抑制剤が用意されてなかったそうだ。病理解剖の結果、感染症と腹腔内大出血が見られ、移植された心臓は何と1080グラムまで腫れあがっていた。黒木君、成人男性の心臓の重量はどれくらいだ？」

「300グラム前後です。提供された青年の心臓は移植された時点ではおそらく300グラムほどの大きさだった。術後83日で3倍以上に腫れるなんて……苦しかっただろうなぁ。あぁ、酷い話」

早苗がそう答えると、加藤は渋面を作って畳み掛けるように言った。

「そうだ。そして、もっと大きな問題が発覚した」

「えっ、まだ先があるんですか？」

「うん。必要のない心臓移植だったかもしれないとしたら、何を調べたらそれを証明できると思う？」

早苗は再び身を乗り出すようにして裏返った声を出した。

「レシピエントの少年から取り出された元の心臓を調べればわかります！」

加藤は頷いてそのまま沈黙した。早く答えを知りたい早苗は椅子のキャスターを軋ませながらにじり寄って言った。

「ねぇ、じらさないでくださいよ。元の心臓は？」

加藤は何か言おうとして1度口を開いたが、また閉じた。そして、改めて早苗の方を向いて答えた。

「その大事な心臓がどこかに消えちゃったんだ」

「うっそー」

早苗はのけぞって椅子から落ちそうになった。

「驚くのはまだ早い」

立石が引き継いで話し出した。

「3か月後、行方不明だった元の心臓が発見されて病理に提出された。しかし、その心臓の4つの弁はすべて切り取られていたんだよ。通常の手順ではあり得ないことだ。我々病理医だって、弁だけをくり抜くなんて馬鹿なことはしない。何者かが弁の検証を妨害するために切り取ったとしか考えられない」

早苗は立石に視線を移して話を促すように頷いた。立石は続けた。

「なぜ弁置換ではなく心臓移植になったかについて、移植手術を行った執刀医の説明はこうだ、『僧帽弁と三尖弁だけなら弁置換術でも対応できたが、大動脈弁の病変は置換不可能なほど深刻だったため、心臓移植以外の選択肢はなかった』と。つまり、大動脈弁が謎を解く鍵だった。当時これを立件しようと動いていた検察は、問題の心臓の検証を関係各科の第一人者に依頼した。そして、病理学的に弁の鑑定を行ったのが、かつて本校の教授だった中田《なかた》先生だ」

立石が言葉を切ると、早苗は待ちきれずに言った。

「それで、中田先生はなんと?」

「見つかった大動脈弁は切り口の形態が全く合わないし、血液型も患者の少年とは違うことがわかった。これはもう決定的だ。それで中田先生は患者本人のものではないとはっきり言っちゃったんだ。誠実な人だから嘘はつきたくなかったんだろう。当然のことながら、新聞やテレビは大きく報道したよ。切り取られた状態で発見された大動脈弁は別人のものとすり替えられていたとね。でも、その後、中田先生は曖昧な説明に終始した。そして心臓移植事件の立件は見送られた」

立石は小さくため息をついてから続けた。

「日本の医学界では医者が医者を告発するのは良くないと考える風潮がある。事実がどうであろうと、医者は医者を庇うのがこの業界の常識なんだ。医学知識を持たない警察や検察は手を出せない聖域なんだよ」

するど、加藤が付け加えるように言った。

「あと何十年かすれば、日本も欧米並みに医者が患者に訴えられて敗ける時代がきっと来るさ。さて、この話はこれで終わり」

中途半端な幕引きに不満そうな表情を浮かべて早苗が尋ねた。

「その移植手術を執刀した先生はどうなったんですか？」

「どうもならないよ。今、都内の私立医大の教授だ。『心臓移植』の世界で30例目の功を焦って暴走したかもしれないけど、もともと外科医としての腕は超一流だそうだから」

加藤がそう言って煙草に火を点けた。

2人の先輩は事件の客観的事実を淡々と語った。しかし、これは医療を行う側の物語である。

早苗は思った。

レシピエントの少年は他人の心臓が自分の身体に移植されることを理解し、それを心から望んでいたのだろうか。もし私がその少年だったら、今、胸の中で懸命に鼓動している自分の心臓を他の誰かの心臓と入れ替えると聞かされただけで思考が停止するだろう。

一方、当時の一般人が臓器移植の知識をほとんど持っていなかったことを考えると、海水浴中に溺れただけでドナーとなってしまった青年に臓器提供の強い意思があったとは思えない。彼の両親は計り知れない衝撃と戸惑いの中で息子の心臓を譲る承諾をしたのだろう。そして脳死判定の問題が発覚した時、両親は臓器提供に同意したことをどれほど後悔しただろうか。医師の説得に屈して、拒否できなかった自分たちを何度も責めては苦しんだことだろう。

早苗は患者側の想いがことごとく無視されていることに違和感を持った。医学知識を持たない患者と家族にとって医師の言うことは「絶対的」であり、そこに異議を差しはさむ余地はなかったに違いない。たとえ疑問を感じたとしても、これが唯一の道であるとの説明をただ受け入れることしかできなかったのだろう。

早苗は呟くように言った。

「なんだか、すごく可哀そう」

すると立石がキョトンとした表情を浮かべて訊いた。

「可哀そうって……誰が？」

「いいえ、何でもありません」

早苗はただそう答えた。

加藤は無言だったが患者の気持ちに優しい想いを馳せる早苗に穏やかな視線を向けていた。

電話が鳴った。

「はい、わかりました」

受話器を置いて、早苗が言った。

「亡くなった患者さんが病棟から搬出されました。間もなく解剖室に下りるそうです」

するとと立石が早苗に向かって質問した。

「黒木君、この数か月で何例見学した？」

「20例ほどです。そのうちの5例はネーベン（助手）をやらせていただきました」

「それじゃ、そろそろハウプト（執刀医）やるか？　黒木君は一しか知らなくても十知っているように喋る特技があるからな」

「えーっ、ピーマンなんですけど」

「嫌ならいいよ、やらなくて」

早苗は一瞬ためらったが、立石に向かって言った。

「立石先生、ネーベンお願いできますか？」

立石は満足そうに右手を挙げて了承のサインを出した。

加藤が立ち上がりながら言った。

「こっちは写真係をやるよ。黒木君のＣＰＣデビューに備えて、完璧かつ美しい臓器写真を撮らなくちゃ」


　1階でエレベーターを降りて混み合う外来の廊下を進み、突き当たりにあるドアを開けると、地下に向かう薄暗い階段が現れた。地下に下りるともう一つのドアがあり、その向こうには解剖室へと続く長い廊下があった。人気のない真っ暗な廊下を歩きながら立石が言った。その声は低く響いて行く手の暗黒に吸い込まれていった。この廊下の突き当たりは外から出入りできる霊安室、その手前が解剖室だった。

「いいか、心臓の所見は後に回すんだ。先に他の主要臓器つまり肝臓や腎臓や肺の所見をとれ」

　早苗は驚いて訊いた。

「えっ、メインの心臓を後回しにするんですか？」

　すると立石はニヤリとして答えた。

「そうだ」

　早苗たち3人が病理解剖室隣の控室で予防衣を着けている間、臨床の担当医は分厚いカルテを抱えてしゃべり続けていた。

「患者は43歳、女性。中学生の時検診で心雑音を指摘されたことがあります。明らかな異常が起こったのは32歳の時、妊娠中に全身の浮腫《ふしゅ》と息切れが始まりました。出産後に動悸が現れまして近医にて三尖弁閉鎖不全と僧帽弁閉鎖不全を指摘されて、8年間経過観察されています。今年の4月、精査のために受診した虎の門病院にて心房中隔欠損の存在が確認され、7月、当院に手術を目的として入院しました」

続けて話そうとしている担当医を黙らせるように立石が言った。

「ちょっと待った。弁の異常を起こすような感染症や心内膜炎の既往はないの？」

「不明です。続きを話していいですか？」

「いいよ」

立石は何か考え込んでいる顔つきのままそう答えた。

早苗は担当医がまくしたてる手術時の所見を聞き逃すまいとして必死で耳を傾けていた。担当医の説明によると、手術は心房中隔欠損部（20×18ミリメートル）を縫合後に閉鎖不全を起こしている三尖弁にリングを設置する予定で開始された。しかし、当初は温存する予定だった僧帽弁の動きが予想以上に悪く、急遽、僧帽弁の生体弁置換術が行われたという。そして手術翌日、血圧が急激に低下し心停止に至った。1度は蘇生に成功したが、患者は2日後に死亡した。

患者が回復に向かうことなく死亡したことについて、早苗は担当医に尋ねた。

「臨床的に何が死因だったとお考えですか？」

担当医は早苗の存在に初めて気付いた様子だった。そして、小柄な早苗を文字通り見下ろして答えた。

「それを確かめるために解剖してもらうんだ。手術は問題なかったにもかかわらずウイニングできなかった原因が知りたい」

早苗は素直な疑問をそのまま口に出した。

「手術は成功だったと……？」

それに反応した担当医の眉尻が上がり鼻白んだ。当の早苗は自分が地雷を踏んだことに気付いていない。すると、後ろでカメラにフィルムをセットしていた加藤が割り込んで担当医に向かって言った。

「こちらハウプトの黒木先生、優秀な女医さんだ」

担当医は険しい表情のまま早苗をちらりと見ただけだった。早苗はこの失礼な若い担当医の名札に目を走らせた。「永井《ながい》」と読めた。

突然、プレスのきいた白衣の男を先頭に数人の臨床医が現れた。おかげで小さな控室はドアが閉まらないほど満員になった。永井が立石に顔を向け、やや緊張した声で言った。

「助教授の野間口《のまぐち》先生、手術の執刀医です」

立石が口を開く前に、野間口のバリトンが響いた。

「君たちは大学院だろ？　オーベン（監督責任者）は誰だ」

不穏な空気を察知した加藤が再び割り込んで答えた。

「講師の竹原《たけはら》先生が後から下りてきます」


撮影係の加藤を先頭に早苗、立石、臨床医たちの順に解剖室へと移動した。

解剖室に足を踏み入れた瞬間、早苗の肌はいつもと違う冷たさを捉えた。外は7月の太陽が照り付けている。冷房のスイッチを入れたばかりなのに、解剖室の空気は高原の朝露をたっぷり含んだようにしっとりとして寒いくらいだった。ごく僅かな違いだったが、早苗は全身に鳥肌が立つのを感じた。初めてハウプトを持つことになった緊張のためだろうかと考えたが、そうではなかった。

解剖台に横たわる患者の顔面に視線を移した時、違和感の正体がわかった。その顔には、早苗がこれまでに1度も見たことのない激しい苦悶の表情が浮かんでいたのだ。患者の右側に立った早苗は、今にも呻き声を発しそうなその顔に引き込まれた。

昔、祖父母の家の薄暗い廊下の突き当たりの壁に掛けられていた般若《はんにゃ》の面にそっくりだった。苦しみと怒りを湛えたその面が恐ろしくて、子どもの頃の早苗は夜になると1人では廊下を通ることができなかったほどだった。

早苗は思った。

『考えてみれば、この女性には子どもがいるはずだ。その子はまだ小学生だろう。母として生きて子どもの成長を見届けたいと念じ続けたに違いない。我が子を残して死ぬわけにはいかない、どうしても死にたくないと訴える声が今にも聞こえてきそうだ。そんな母の想いが山ほどあるから、こんなにも苦しそうな顔をしている……。そう、私の目の前に横たわる患者は40代前半の女性で幼い子のお母さん。命を終えるにはあまりにも若い』

患者の左側に立った立石が早苗の思考を遮るように言った。

「黒木先生、外表所見から始めてください」

立石の一言で我に返った早苗はメジャーを手に取り手術創の位置と大きさから口述を始めた。続けて全身皮膚の状態、死後硬直の有無、死斑の有無、左右瞳孔の直径計測、口腔内所見など通常の流れに従って作業を進め、違法性を示唆する異常所見のないことを確認した。外表所見が終了すると、早苗は患者の身体から1度手を離して背筋を伸ばした。それから時計を見上げ、少しかすれた声で言った。

「午前10時10分、解剖を開始します」

全員が一礼した。早苗は大きめのメスを手に取った。患者の頸部から胸腹部正中そして左大腿部へと深くメスを走らせ、皮膚と皮下組織を一気に切開した。

立石が言った。

「心臓と肺は後で再構築できるように、シンプルかつシャープな断面で切り離すんだ。細かく切り過ぎてぐちゃぐちゃにするなよ」

「はい」

立石の言葉に力づけられた思いで肋骨を切除すると胸腔が現れた。心嚢《しんのう》は開窓されてドレーンが設置されていたため、直に心臓を見ることができた。心臓は長い年月の負荷を物語るように通常の2倍ほどの大きさに肥大していた。

遅れて入ってきた竹原講師が立石の隣に立って早苗に言った。

「心臓を切り離す前に上大静脈・下大静脈、肺動脈・肺静脈、そして大動脈を手で触って確認しなさい。どの辺に鋏《はさみ》を入れるべきか考えながら位置を確かめて」

「はい」

早苗は指示された通りに胸腔へと右手を伸ばした。しかし、その手は心臓に触れる直前でぴたりと止まった。開窓部分から見える心臓の前壁の光沢が揺れて、ほんの僅かではあるが震えたように見えたのだ。早苗は息を呑んだ。どうしたらよいかわからなかった。

もう1人、異変に気付いた者がいた。早苗の隣に立って口述筆記をしていた永井がペンを落としたのだ。担当医として臨床経過を説明していた時の自信に満ちた表情は影を潜め、顔色が青ざめていた。早苗の耳に永井の呟きが聞こえた。

「動いた……」

早苗は10秒ほど心臓をじっと見つめ続けた。心臓は完全に停止していた。


「どうした」

腹部臓器摘出に取り掛かっていた立石が、早苗の手が止まっているのを見て声をかけた。

「いいえ、何でもありません」

そう答えた早苗は手順通りに心臓を取り出した。1度だけ永井と視線が絡んだものの、2人とも無言だった。


取り出された心臓は臓器撮影用の台に運ばれた。そこで心臓の写真を撮っていた加藤が早苗に歩み寄って小声で言った。

「ほら、あの2人、同期なんだ」

早苗が目をやると、病理の竹原講師と外科の野間口助教授が解剖台から少し離れたところで何やら話し込んでいた。加藤はさらに声を低くして言った。

「きっと例の教授選の話だぜ。うちの大学の教授選では名前が売れてるパラシュート候補が常態化してるけど、そろそろこの大学の出身者を教授にするべきだって考える動きがあって、野間口先生を推す声が強くなってるんだ」

「仲が良いんですか、あの２人」

早苗がそう問いかけると、加藤は肩をすくめてみせてから答えた。

「さぁね、ギブアンドテイクの関係じゃないのかな」


立石から言われたように、早苗は心臓ではなく腹部臓器の所見からとり始めた。

「肝臓の重さは１４００グラム、割面では小葉中心性のうっ血が見られます。脾臓は２３０グラム、高度のうっ血があり腫大しています。右心不全を反映しているものと思われます。次に……」

永井は口述筆記のペンを止めると、加藤が心臓をホルマリン入りバケツに入れようとしているのを目で追いながら惑った様子で言った。

「あのぅ、心臓を先に見ませんか？」

「心臓は写真撮影の後にホルマリンで軽く固定してから割を入れます。この心臓は弱り切っていておまけに術後ですから、そのまま割を入れたらぐちゃぐちゃになってしまいますよ」

早苗がそう答えると永井は渋々頷いた。隣の台で鋏を使って腸管を開いていた立石は背中を向けたままニヤリとした。

早苗は続けた。

「腎臓は左右とも150グラム、急性の腫大、割面では髄質のうっ血と皮質の虚血が見られ、いわゆるショック腎の状態です。それから胃と十二指腸に多発性潰瘍。食道、気管には異常なし。肺は左320グラム、右630グラム、左右とも高度のうっ血水腫が見られます。心不全が長く続いたためと思われます。次に……」

野間口に付いてきた若い外科の医師たちがしびれを切らせたらしく、バケツの中の心臓を見ようとして勝手にピンセットでつつき始めた。所見をとる前にいじくられてしまう事態を避けたいと考えた早苗は駄々っ子に応じる母のようなため息をついて心臓に手を伸ばして言った。

「もう待てない人が多いようなので、心臓の所見にいきます。重量は570グラム、肥大しています。冠動脈に硬化は認められません」

早苗は片手からはみ出すほどに肥大した心臓を手に取った。大静脈の切り口から拡張した右心房を覗き込んだところ、左心房まで見通すことができた。

早苗は息を呑んだ。

『あり得ない……』

それは、絶対にあってはいけないことだった。何故なら、手術によって欠損部が縫合閉鎖されていれば、右心房と左心房の間には中隔が存在するはずだからだ。ところが何度見直しても右心房から左心房を見通すことができた。

早苗は緊張した声を発した。

「うそっ」

全員が早苗の方に顔を向けた。心臓にメジャーを当ててから、早苗は大きく息を吸い込むと早口に所見を述べ始めた。

「右心、左心ともに著明な拡張性肥大。置換弁及び左心房に多量の血栓あり」

そして、一呼吸してから声のトーンを上げて続けた。

「心房中隔欠損の縫合部に哆開《しかい》あり」

「へっ？」

永井が間の抜けた声で聞き返すと、早苗は両手で心臓を持ち上げて答えた。

「縫目が裂けて穴が開いちゃっているということ。穴の大きさは20×9ミリメートル、つまり元の心房中隔欠損部の半分は術後に再び開いてしまった状態です」

今度は全員が足早に歩み寄り、早苗の頭の上から群がるようにして心臓を覗き込んだ。早苗は野間口に向かって言った。
「ウイニングできなかった理由は明らかだと思われます」
野間口は表情を変えずに早苗が差し出した心臓に見入っていた。言葉を発すること
はなかったが、その目は真剣だった。早苗は心臓をコルクボードの上に置いて慎重に
割を入れて言った。
「割面では心筋の壊死と出血が散見されます。詳しくは顕微鏡標本が出来上がってか
ら、刺激伝導系の検索を含めてレポートを出します。よろしいですね」
早苗はこれが第1例目とは思えないほど実に堂々としていた。その仕事ぶりを見
て、立石と加藤は視線を合わせて頷き合った。
野間口は竹原と短く言葉を交わして解剖室出口に向かって歩き出した。数歩行った
ところで振り向いた野間口は早苗に声をかけた。
「鋏を使う時は刃がふらつかないように蝶番《ちょうつがい》部分を人差指で押さえるといい。刃の
開閉は親指と薬指で行い、中指は保持のために添える。そうすれば矢状断も水平断も
安定して速くなる。君はなかなか筋がいい」
「はい、そうします」
早苗が素直にそう言うと、野間口は小さく頷いてから踵を返して出て行った。その
後に若い外科医たちが続いた。外科の医師は筆記係の永井だけになった。解剖室が急

に静かになった。

　早苗は立石が心臓の所見を後回しにするように指示した理由がわかった気がした。心臓外科の連中は心臓にしか興味がないのだ。勿論、心臓の所見は重要である。しかし、病理解剖の本来の目的に照らして、心臓だけ見ればよいという問題ではない。剖検医には患者の人生最後の幕を下ろす責任があるのだから。

　時計に目を走らせた竹原が立石に向かって言った。

「講義の時間なので私は失礼するが、後は大丈夫だな」

「はい」

　立石はそう答えてから改めて竹原に質問した。

「野間口先生のミスですか？」

　竹原はため息を漏らし、言葉を選ぶように視線を宙に泳がせながら答えた。

「患者は心房中隔に穴が開いた状態で生まれ、心不全症状を抱えて成長し、出産を乗り越えた。その心臓は我々が考えるよりもはるかに疲れていて脆かった。野間口の選んだ方法が間違いだったとは思わないよ。すぐに心カテを行っていれば何が起きているのかわかっただろうが、今回のように術後急変した危険な状態での心カテはリスクが大きい。やりたくなかっただろう。どっちにしても、もう教授選には出ないと言っていた。ところで最近は心エコーの進歩が凄いそうだが、あと何年かで、うちの病院でもカラードプラ診断がきっと可能になる。心臓内の血流データが画面に現れて、心室壁や僧帽弁の動きが手に取るようにわかるようになる」

早苗が少し遠慮がちに言った。

「竹原先生はドプラ機能併用の心エコーができるようになっていればこの患者さんを救えたとお考えですか？」

するど竹原が答える前に永井がこわばった声で言った。

「結果が変わっていたかどうかはわかりませんが、あの時、心臓に何が起こっているのかを知ることはできたと思います」

竹原は頷いて解剖室から出て行った。

開頭を担当していた解剖助手の技官が早苗に声をかけた。

「黒木先生、脳の所見をお願いします」

早苗の手の上に患者の脳が載せられた。脳は少し腫れてしっとりしていた。その瞬間、早苗は両手の中の脳の重みが全身を貫くような感覚に襲われた。

『この人の一生……生まれてから死ぬまでの全ての記憶が、今、私の手の中に集約されている』

そう考えた途端、早苗は震えた。脳を戴いた両手のひらを通して女性のすすり泣く声を感じたのだ。絞り出す低音が沁みるような泣き声は鼓膜を震わすことなく、早苗の思考の中に直接流れ込んできた。目に涙がこみあげた。

先ほど開胸した際に、動くはずのない心臓が動いたように見えたのは生理的な反射の範囲と考えることもできた。しかし、今度こそ患者本人の意思がこの場に漂っていると早苗は思った。この脳は残された活力を振り絞って発信しようとしている。そう確信した早苗は相手に届くことを願いながら心に念じた。

『苦しかったでしょう、可哀そうに……』

周囲に目をやると、皆黙々と仕事を進めていた。他の誰にも女性の泣き声は聞こえていなかった。早苗は丁寧に脳の所見をとった。

「脳の重さは１３００グラム、外表からは軽いうっ血と浮腫以外に病的な所見はありません。また、脳底動脈の硬化も見られません。なお、血栓が脳に飛んでいるかどうか詳細については後ほどレポートを出します。以上です」

脳の所見を早苗が話し終えると、永井が口述筆記用紙をめくる乾いた音がそれに続いた。

早苗の心を揺さぶり続けた泣き声は既に止まっていた。

後片付けが始まると、永井が言った。

「結局は先天性の心房中隔欠損に始まり、その縫合不全に終わったというわけですね」

早苗はそれを受けて、

「縫合不全を起こした原因は、手術の術式や縫合糸の選択などを含めて外科の皆さんで検討してください。それで結論が出たら教えていただけると有難いです」

解剖室出口に向かって歩き出した永井の背中に立石が呼びかけた。

「さっきの質問の続きだけど、弁膜症の既往がないなら僧帽弁と三尖弁の異常も先天性とは考えられないか、心内膜床欠損症みたいな」

永井は少し考えてから答えた。

「心室中隔は保たれていますので違うとは思いますが、不完全型みたいなものもあるかもしれません。でも本症例の場合、弁の異常は心房中隔欠損に付随する変化と考えました」

早苗がその言葉尻を捉えて言った。

「右心の三尖弁閉鎖不全症は心房中隔欠損によって起きたと考えて矛盾はありませんが、左心の僧帽弁閉鎖不全症の説明にはなりません。先ほどのお話では、当初、僧帽弁置換の予定はなかったんですよね。それは僧帽弁の状態を実際よりも軽く診断したからではないですか」

　すると、再度のバトル勃発を心配した加藤が慌てて割って入った。

「その辺の討論は我々病理も心臓の血行動態を勉強してからにした方が良いと思うよ、黒木君」

　しかし、永井は早苗の辛辣な言葉に反発しなかった。それは、縫合不全という外科にとっては不名誉な病理診断を早苗に握られているからだった。永井は踵を返してドアに向かったが、ふと思い出したように振り返って早苗に言った。

「さっき開胸したとき、心臓が……」

「えっ、何か？」

　早苗がそう尋ねると、永井は首を横に振ってそのまま何も言わずに解剖室から出て行った。

「あいつは学生の頃からプレイボーイでさ、今でも夜中に湯島のホテル街を看護婦と2人で歩いていることがよくあるって噂だ。モテる奴はいいよなぁ」

　立石が器具を洗いながらブツブツ言ったので、早苗が訊いた。

「同期なんですか？」

　立石は手を止めずに頷いた。

永井と入れ替わりに病院出入りの葬儀屋が解剖室に棺を運び込んできた。早苗は患者の身体を元通りに縫い合わせてから流水で清めるようにその身体を洗い、技官に手伝ってもらいながら全身を丁寧に拭いていた。足の指の水滴をぬぐっている時、早苗の耳に葬儀屋の言葉が入ってきた。

「あぁ、綺麗ないいお顔をなさってますね」

解剖前に見た形相は贔屓目《ひいきめ》に見ても「いいお顔」ではなかったはずだ。早苗は慌てて患者の顔を見た。そして思わず驚嘆の声を上げそうになった。

あの恐ろしい般若のような苦悶の表情がいつの間にか消えているではないか。今、目の前にあるのは穏やかな優しさを湛えた女性の顔だった。運命を恨み激しく抗っていた女性が自らの死を受け入れる気持ちになったことを示しているように思われた。とても柔らかな死顔だ。早苗は敬意を込めて心に念じた。

『よく頑張ってくれましたね、ありがとう』

この時、早苗は剖検医の仕事が自分に向いているかもしれないと実感した。医学部卒業時に自身の将来像を描けなかった心細さから解放されて、居場所を見つけることができた安堵感で満たされた。

数日後、病理研究室に永井が現れた。

「今回の症例に関する心臓チームのレポートです」

応対に出た早苗に書類を渡しながらそう言った後、永井は早苗の背後に目を走らせた。部屋の中に2人の先輩を認識すると、やや口ごもって続けた。

「あの……ちょっと外で話せませんか?」

「いいですよ」

永井の顔を見上げて返事をした早苗の脳裏を『意外とハンサム……』というフレーズが過った。

早苗は永井の後について廊下に出た。ドアの閉まる音と同時に、机に向かっていた加藤と立石が顔を上げたが2人とも言葉は発しなかった。

廊下を進んで人気のない踊り場に出ると永井は振り返って話し出した。早苗の予想に反して永井の口調は乱暴で棘があった。

「病理はいいよな、1日中椅子に座って煙草吸って顕微鏡見てればいいんだから。臨床は違う、特に外科は……、こっちは身を削って患者のために働いているんだ。『縫合不全』のファイナルレポートが書けるからって、鬼の首を取ったように偉ぶらない方がいい」

2人になると永井の態度は手のひらを返したように上から目線に戻っていたのだっ

た。早苗は驚くと同時に自分が永井のプライドを傷つけていたことに初めて気付いた。病理の新人、それも女が外科医に向かって堂々と意見したことは永井にとって看過し難く、どうしても一言いいたかったのだ。そうとは知らず、何かを期待してフワフワした気分でついて来るとはとんだ勘違いだった。自分の早とちりが可笑しく、さりとて笑うわけにもいかず早苗は情けなかった。

永井は勢いづいて続けた。

「そもそも病理解剖なんて医者の仕事じゃない。剖検医は歯医者や獣医や検査技師がやればいい。医者の仕事は患者を救うことだ。そして、外科医は何人かの患者の死を乗り越えて一人前になる」

永井は意地悪そうな笑みを浮かべた。そして、侮辱を込めて言った。

「なぜ臨床をやらない？　生きた患者を診るのが怖いのか？」

永井の言葉は図星だった。確かに臨床実習では患者のことが怖かったし不安で仕方がなかった。しかし、早苗を狼狽《うろた》えさせて懲らしめてやろうという永井の目論見《もくろみ》は成功しなかった。なぜなら、今の早苗は半年前の優柔不断な彼女とは明らかに違っていたからである。剖検医の仕事は、死亡確認と同時に臨床医から手を離された患者がこの世に残していく大切なメッセージを拾い集めてエピローグを完成させることである。早苗はその剖検医の仕事に誇りを感じ始めていたのだ。

肩で大きく息を吸った早苗は敢えてゆっくりと話した。

「永井先生がおっしゃる通り、目の前の患者を1人でも多く救うことが臨床医の使命です。でも、それらの病気がたくさんの人をなぜ苦しめるのか、どうしてそんなことが起こったのかを明らかにすることも大切な仕事です。だから、病理解剖は未来の患者の延命に繋がります。私は病理が好きです。永井先生が外科を好きで極めたいと思っていらっしゃるのと同じように、私は病理が好きです」

早苗は自分が発した言葉の新鮮味に驚いた。今まで引きずってきたモヤモヤがすっきりと晴れた。

『そうか、私は病理が好きなんだ』

早苗は少し声のトーンを落とし、言葉を選びながら一語ずつ区切るように話し続けた。

「さっき、何人かの患者の死があってこそ一人前の外科医になれるとおっしゃいましたよね。その何人かの中に永井先生の大切な人がいたらどうするんですか？　死亡確認したら忘れちゃうんですか？　そんなことできませんよね、だって病理解剖にまわってくる患者さんは has been dying つまり現在完了進行形なんですよ」

永井は唖然とした表情をあらわにして言った。

「いったい何を言い出すんだ。まだ死んでいなかったとでも言いたいのか？　それじゃ、まるでホラーじゃないか。それとも冗談か？　まったく、人を馬鹿にしている！」

　早苗は真顔で答えた。

「馬鹿にするつもりなんてありません。大真面目です。ご臨終と言われた後も、身体の細胞の大部分はまだ生きているんです。患者さんは縋りつく家族に息があった時のように応えることはできなくても何かを思い、大切な人の声を聞き取れるはずです。あの心臓手術後の患者さんは小学生のお子さんのお母さんです。この世に留まってお子さんの成長を見届けたいという気持ちがとても強かったことは容易に想像できます。きっと私たちに伝えようとしていたんです……『死にたくない』と。私にはそう思えます。永井先生も見たじゃありませんか、心臓の前壁がピクッと一瞬震えたのを……」

　永井が首を横に振って言った。

「いや、あれは単なる筋線維の反射だ」

「そうかもしれません。でも、そうでないかもしれません」

　早苗は相手の目を見て、そう答えた。患者の脳が泣き声を発していたとは言わなかった。どうせ信じてはもらえないとわかっていた。その上、話してしまうと、公式文書であるファイナルレポートには書けない大切な記憶が俗っぽい超常現象の一つに変質してしまいそうな気がしたからだ。その代わり、早苗はある質問を投げかけた。

「術後にウイニングできないまま亡くなった理由をご家族にどう説明したんですか、

それでもオペは成功だったと？」

　永井の表情が困惑に変わった。

「そんなことは病理には関係ないだろう。ご遺族は納得して帰った。それで十分だ」

「そうでしょうか、不都合な真実は知らせない？」

　早苗のこの一言は永井の気分をさらに逆なでした。永井は背筋を伸ばすと早苗を見下ろして言った。

「それを知ったところで誰の得にもならないし、手術を失敗したわけでもないのに医療ミスだと誤解されたら大変なことになる」

　首を横に振った早苗は永井を見上げて応えた。

「それは外科の先生方の論理です。病理の私にはわかりません」

「何様のつもりだ。とにかく……君たち剖検医は死神だよ！」

　捨て台詞のように言って、永井は立ち去った。

　医学知識のない素人の患者や家族を納得させるのは、臨床医にとって赤子の手をひねるようなものだろうと早苗は思った。

　早苗が研究室に戻ってドアを開けると、加藤と立石が2人同時に顔を上げた。立石が先にニヤニヤして声をかけてきた。

「アバンチュールのお誘いだった?」

早苗は自分の椅子にゆっくり腰かけてからわざとらしく足を組み、ツンとすました顔になって答えた。

「いいえ。私は偉そうで生意気な女だと思われたみたいです」

「それは当たっているかもしれないな」

立石が嬉しそうにそう言うと、早苗は机に肘をついて考え込むような表情を浮かべて呟いた。

「私、患者の死因に疑問を持つ遺族の助けになるような『死因究明駆け込み寺』みたいなことができたらいいなぁ。そんな施設を病理が作ればいいのに、法医と協力したりして……」

するとと立石が苦笑いを浮かべて言った。

「そんなことをしたら、全臨床科を敵に回すことになるよ。第一、自分で自分の首を絞めるような企画に病院がカネを出すわけがないでしょ。本当にやるとしたら資金を調達して独立の研究所を設立しなきゃ無理だ。それにできたとしても仕事が入るかどうかわかんないよ。どうやって維持運営するんだ?」

煙草に火を点けようとしていた加藤が手を止めて言った。

「個人的には黒木君の意見は尤もだと思うな。遺族が病院の説明に異を唱えたいと思うと、訴訟に持ち込まなくちゃならない。でも医療訴訟はハードルが高くてなかなか踏み切れないのが現状だし、どう転んでも医療者側が有利だ。それでも一般の人が死因究明を求める声は確実に潜在していると思う。20年か30年先には、患者の人権が置き去りにされていることに気付く人が今よりもっと増えて医療に対する見方も変わるだろう。きっとね」

早苗は加藤に顔を向けて頷いて、笑顔を見せて言った。

「あぁ、それから、永井先生にこんなことも言われました。私たち剖検医は死神だって……」

すると加藤も微笑み、煙草に火を点けて紫煙を眺めながら答えた。

「それも当たっているかもな、患者が死なないと出番がない」

天使の余命

晩秋のある日、午前中に胃癌の手術材料の切り出しを終えた早苗は病院の売店で買ったおにぎりをかじり、ラジオから流れる『関白宣言』に合わせてリズムをとりながら机の上を片付けていた。そこへ立石が入ってきて言った。

「黒木君、そういう歌が好きなんだ?」

早苗はすまして答えた。

「嫌いです。私は『ラブ・イズ・ブラインド』が好きです、暗いのが好みなんで」

「今日は機嫌悪いな、生理なのか?」

いつもは聞き流す立石の下品な冗談に反応した早苗は早口に不平を並べ立てた。

「このところ手術材料も剖検依頼も胃癌の症例ばかりで……、イライラしてるんです。もっと色々な疾患の剖検例を勉強したいのに、来る日も来る日も胃癌」

「それは仕方ないさ。現在の死因トップは悪性新生物でその中のトップは男女ともに胃癌なんだから、黒木君の愚痴は統計的に正しい。でも、この先、検診が普及して早期発見ができるようになれば胃癌で命を落とす人は確実に減少する」

立石が意外にも真面目に答えたので、早苗は拍子抜けして言った。

「ところで、私に何か用ですか？」

立石は愛想笑いを浮かべて言った。

「片付けは後回しにしてさ、これ手伝って欲しいんだよ」

早苗はため息交じりに返した。

「これって何ですか？」

「今度の病理学会の抄録」

早苗は大袈裟に目を見開いて驚きの表情を浮かべると腕組みをして言った。

「それって、今日締切じゃないですか」

「そうだよ。今日の消印有効、だから手伝ってって言ってるの。今、明日のＣＰＣの準備で教授の検閲を受けなきゃならないし時間がないんだ。黒木君、作文得意だろ」

立石がそう答えると、早苗はさらに呆れ顔になって言った。

「えーっ、これから文章作って、印刷屋に走って植字頼んでいたら、郵便局閉まっちゃいますよ。無理でーす」

部屋の隅に陣取り、両手の人差指を使って器用に電動タイプライターを叩いていた加藤が顔を上げて言った。

「英文ならこのタイプライターでも打てるのに、和文タイプは印刷屋に頼まなきゃならないから大変だよね。そう言えば、2年くらい前に東芝が世界初の日本語ワードプロセッサーってやつを売り出したんだって」

加藤はピリオドのキーをパチンと打ち込んでから続けた。

「それが、たたみ1畳分のデカさで値段がなんと630万円だってさ。我が研究室には置き場所もカネもない。もっとコンパクトで安いのができたら絶対買いだ！　もしかすると、20世紀のうちにパーソナルコンピューターと組み合わせて使えるようになるかもね」

早苗が気の抜けたような笑みを浮かべて言った。

「夢の日本語ワードプロセッサー完成を待っていたら、この抄録締切に絶対間に合わないと思いますけどね」

立石は懇願するしぐさを交えて言った。

「600字の抄録だったら前半のデータだけでも書ける。資料はここにあるし、頼むよ」

早苗は渋々引き受けた。内心では先輩から頼りにされることが少し嬉しかった。

午後の大半を費やして書き上げた抄録を本郷の印刷屋に持ち込み、出来上がった和文タイプ原稿を持って研究室に走って戻った時、時計の針は既に午後5時を回っていた。息を切らせた早苗が言葉を発する前に、加藤が顔を上げて言った。

「東京駅前の本局に持って行けば今日の消印になる。まだ間に合うから大丈夫だよ」


早苗が無事に抄録を発送し終えて研究室に戻ったのは午後7時近くだった。立石が恭しく一礼して言った。

「腹減っただろ、お礼に今日の夕飯おごるよ」

早苗がそれに答えようとした時に電話が鳴り、受話器をとった加藤の顔に緊張が走った。加藤はメモを取りながら相手の話を聞き、受話器を押さえて立石と早苗に向かって言った。

「剖検の依頼だ」

立石が即座に言った。

「受付は5時までだ。臨床と違って病理には夜勤の勤務体系はない。24時間体制で剖検を行うとしたら、病院側がそれなりのスタッフと費用を回してくれなきゃ無理でしょ。剖検は明日になると説明してよ」

加藤は首を横に振って状況を説明し始めた。

「小児科からの依頼だ。先方は受付時間を過ぎていることを承知で電話してきてる。

死亡したのは5歳の女の子。ご両親が『今夜中に子どもを連れて帰れるなら』って条件で解剖を承諾したそうだ。受けるか?」

立石が早苗に顔を向けると早苗はすぐに頷いた。それを確認した加藤は電話の相手に受け入れを伝えて受話器を置いた。

「小児科から剖検の依頼がくるなんて珍しいな。親は子どもの亡骸にメスが入るのを嫌がるのが普通だからね。よく剖検の承諾がとれたもんだ。担当医がよほど頑張ったんだろう。ところで、臨床診断はなんだ?」

加藤は質問に答える代わりに渋面を作り、先ほどのメモを立石に渡した。それを覗き込んだ早苗が声に出して読んだ。

「ヒスティオサイトーシス　エックス(Histiocytosis X・現在はランゲルハンス細胞組織球症に統一)」

早苗は病理学の試験勉強でこの病名を覚えた記憶はあったが、その内容は忘却の彼方だった。早苗の曖昧な表情を読み取った加藤が本棚から埃をかぶったハードカバーを1冊取り出した。それはリヒテンシュタイン著『ヒスティオサイトーシス　エックス』だった。その本を早苗に手渡しながら、加藤が言った。

「免疫系の主要な細胞の一つである組織球が暴走を起こす病気だ。場合によってはリンパ腫のような臨床像や白血病のような病態、あるいは肉芽腫をつくることもある。

原因は不明。治療は主にステロイドと抗がん剤の併用療法。致死率はそれほど高くないが、薬によるコントロールが難しいケースではシューブ（急性増悪）の病像を呈して死に至ることがある。アンダースタンド？」

早苗は頷いてから質問した。

「珍しい病気なんですね？」

「100万人に5人くらいって言われてる」

加藤がそう答えると、立石が言った。

「患者の数が少ないと国の補助金が付きにくく、専門の研究者も少なくなる。だから、まだ謎の部分が多いってこと」

早苗は2人に向かって言った。

「貴重な剖検例になりますね。お手伝いします」

すると加藤が少々困ったような表情を浮かべて早苗に言った。

「実は、ご両親が許してくれた切開は女の子の腹部に10センチメートルだけなんだ。そこから手を入れて各臓器を摘出することになる。術野を広くとるには小さな手の方が適していると思うんだ」

加藤は立石に目配せし、立石が小さく頷いたのを確認してから続けた。

「だから執刀医には黒木君、きみが適任だ。首尾よくいけば脳以外の主要臓器は取り出せるだろう。どうだ、できるか？」

早苗は自分の右手を出して2人の先輩の手と見比べた。確かに早苗の手の方が小さい。

「えーっ、できるかな。やってみますけど、助けてくださいね」

早苗がそう答えると、加藤がホッとしたような顔をして言った。

「よし、それじゃ、竹原先生に時間外の剖検を引き受けたって連絡しておくよ。凍結試料用の液体窒素の用意と電顕用のサンプル採取はこっちがやるからね」


いつものように解剖室に下りると、小児科の女医が控室で病理の3人を待っていた。臨床経過の説明を聞きながら、早苗は女医の目が少し潤んでいることに気づいた。

「私は小児科の榊《さかき》です。患者さんのお名前は松本クルミちゃん、5歳。1歳の時に中耳炎の症状で発症。この時複数個所の膿瘍、腹部膨満、眼球突出、皮疹が認められましたが近医では診断がつかず、2歳になって本院を受診し、皮膚生検と骨髄生検の結果、ヒスティオサイトーシス　エックスと診断されました」

早苗は予防衣を着ながら言った。

「最初に診察した医者がもっと早く専門医に紹介していれば1年間も診断がつかないなんてことは避けられたでしょうに……。何故ぐずぐずしていたんだろう」

榊が力なく微笑んで答えた。

「自分の手に負えるか負えないかを見極めるのも医者の力量です。ですが『こんなことも知らないのか』と思われるのが怖くて、見当違いの検査を沢山オーダーしたり対症療法で『とりあえず様子見』にしてしまう医者もいます」

ついたて代わりのロッカーを挟んで反対側から立石が声を掛けた。

「それにしても、2歳の子に皮膚生検と骨髄生検は酷な話だね」

榊は頷いてため息交じりに言った。

「私が担当になったのは今年になってからですが、3年前、確定診断のためには生検が必要だと病院側が説明したときも、ご両親はクルミちゃんの治療の手掛かりになるならと理解を示していたそうです。ところが、診断は得られても抗がん剤とステロイドの組み合わせや投与量の加減が難しくて、なかなかレミッション（寛解《かんかい》）に向かうことができませんでした」

着替え終わった立石が榊の隣に来て臨床検査データをペラペラ捲り始めた。女の子が亡くなる直前のページで手を止めると、ヒューッとかすれた口笛を鳴らして言った。

「これは酷い。骨髄がスカスカじゃないか。造血細胞がほとんどない」

榊は肩を落として答えた。

「病的な組織球を叩こうとすると骨髄抑制が出てパンサイトペニア（汎血球減少症）

に陥りました。その都度、全血輸血と血小板輸血を繰り返しましたが……、敗血症を併発して出血傾向が止められず……」

それまで黙って聞いていた加藤が慰めるように静かな口調で言った。

「クルミちゃんは榊先生が一生懸命やってくれたことをわかっていると思うなぁ」

すると榊は顔を上げ、唇をこわばらせて言った。

「でも、私たちはクルミちゃんを救ってあげられなかった。1歳で発症し、その後4年の間に自宅に帰れたのはたった1か月ほどでした。クルミちゃんは健やかな時間を過ごす幸せがどんなものなのか経験することなく亡くなったんです。痛い時には子どもらしく駄々をこねたりすねたりしてもいいのに、我慢することしか知らない子だったんです。意識がなくなる前、最後の言葉は『ママ泣かないで』でした。傍らにいて、とても……たまりませんでした」

目にたまった涙が溢れださないように、榊は視線を上げて続けた。

「クルミちゃんの死から学べることはすべてこれからの治療に活かしていかないとクルミちゃんに申し訳なくて……ご両親に剖検の承諾をお願いしました。最初は『とんでもない』と断られましたが、お話ししているうちに納得してくださいました」

早苗は榊の思いの強さを感じた。クルミちゃんの両親も榊の誠実な人柄を知ったから剖検を許したのだろう。ルーティンの治療方法では太刀打ちできなかったことを認めた上で剖検による最終検証を求める榊の姿勢に、早苗は憧れにも似た尊敬の念を抱いた。

加藤が榊に向かってぼそりと言った。

「変な言い方だけど、患者の死をそんなに重く受け止めていたら、これから先、自分の心と身体が持たないよ。臨床医はどこかで妥協しないと……」

早苗には『もっといい加減になれ』と聞こえた。生真面目な加藤がそのような発言をしたことに驚いた。いつもならつまらない冗句《ジョーク》を飛ばす立石は加藤の言葉にまったく反応せず、さっさと隣の解剖室に入って行った。早苗は立石に続いて解剖室に入った。

ステンレスの解剖台に寝かされた小さなお人形のような身体が目に飛び込んできた。小児の剖検は初めての経験だ。大人用の解剖台の上の身体はあまりにも幼く痛々しく見えた。女の子の精神活動の痕跡が僅かでも漂っているのではないかと、早苗は探し求めるように心に念じた。

『クルミちゃん、同じ病気の子を助けるためにクルミちゃんの身体を調べさせてね』

早苗は反応らしきものをキャッチしようと精神を集中したが、何も感じることができなかった。これまでに執刀した大人の剖検例では、解剖台に横たえられた身体から放たれる魂の残り香のような生命の余韻を強く感じることが何度もあったが、今回はまったく状況が違っていた。解剖室の空気は無機的で心が痛くなるくらい清明だった。早苗は予想外の空虚に困惑した。

『この子は導かれるままに振り返ることもなく一気に昇って行ってしまった……』

あまりにも切なくて胸が苦しくなった。唐突に、アンデルセンのマッチ売りの少女が天に召される場面が頭に浮かんで消えた。こみ上げた涙が溢れないように早苗は目を閉じた。

「子どもは初めてだろ、大丈夫か?」

心配した立石が声を掛けた。

「大丈夫です」

我に返った早苗は思考から感傷を追い出して外表所見をとり始めた。

「全身性貧血で皮膚は蒼白、出血傾向による皮下出血斑が散見され口腔内歯肉からも出血が見られます。眼球突出あり。ステロイドの影響と思われるムーンフェイス状態。腹部は膨満、波動なし……。20時45分、解剖を始めます」

床下を持続的に流れる少量の水の音と所見を述べる早苗の声だけが解剖室の隅々に吸い込まれていった。夜の解剖室は日中よりも少しだけ「あの世」に近いと思わせるような静けさの中で剖検の作業は進められた。膨れた腹部の打音を確認した後、早苗は胸骨剣状突起の下から縦方向に長さ10センチメートルの皮膚切開を加えた。

次に腹壁を開けようとした早苗に立石が言った。

「腸に傷をつけないように鋏を使った方がいい」

「はい」

早苗はピンセットで腹膜をつまみ上げて鋏の尖端を使って小さく切り口を入れた。左手の人差指と中指を腹腔内に差し込んで空間をつくりながら注意深く鋏を進めようとした。腹腔は高度に腫大した脾臓と肝臓で占められ、バルーンアート用の風船のように拡張した腸管がぎゅうぎゅうに充満している状態だった。切り進めると腸の一部が外に飛び出してきた。その壮絶な光景に早苗は息を呑んだ。

「いつもの順序と逆に、腸管を先に切除して腹腔内に作業空間を確保しろ」

パニックに陥りかかった早苗に立石の声が飛んだ。早苗は指示された通りに腸管を辿って空腸部分とS状結腸の両端をペアンで止めて切り離した。こうして腹腔から出した小腸と大腸を加藤が用意したトレーに入れると、早苗は落ち着きを取り戻した。

次に早苗は脾臓と肝臓を手探りで丁寧に取り出した。それらの所見を述べる声は少し震えていた。

「脾臓の重さは４００グラム、大人の脾臓の約４倍の大きさに著しく腫大しています。肉眼では強いうっ血と出血巣が見られます。割面が盛り上がりますので、細胞成分の増加が考えられます。肝臓も腫れていて重量は１０００グラム……」

女の子の体格を確認すると、身長83センチメートル、体重14キログラムほどだった。全体重の10分の1を脾臓と肝臓が占めていることになる。成人の脾臓+肝臓の重量は体重のおよそ50分の1であるから、この脾臓と肝臓の腫大がいかに異常な所見であるかは経験の浅い早苗の目にも明らかだった。

ふと、所見ではなく感想が早苗の口をついて出た。

「こんな小さなお腹に……、苦しかっただろうに」

立石が急に片手の手袋を外して内線電話の受話器を取り上げてボタンを押した。2回目のプッシュでつながったのだが相手が切ろうとしたらしく、立石は大声で相手を制し早口で話し始めた。

「待って、切らないで。文句は後で聞きますから、今すぐゲフリールの用意をしてください。今夜、死亡した子どもを連れて帰るご両親に、剖検で明らかになったことをできるだけお知らせしたいんです。だからゲフリール標本をつくってください。ホルマリン固定では標本ができるまでに何日もかかってしまいます。今夜でなくちゃ意味がないんですよ。お願いします！」

「誰に頼んだの？」

加藤の質問に、立石は受話器を戻しながら満足そうに答えた。

「助手の芳賀だよ。アイツ、電話に出たことを後悔するってさ……。剖検では患者が死亡しているからゲフリールの費用を病院に請求できないって文句言ってた。でも折れてくれたよ」

立石は加藤が写真を撮り終えた脾臓と肝臓から小指の頭ほどの大きさの小片を切り取り、シャーレに入れて榊に向かって言った。

「これを3階のオペ室隣の病理検査室に持って行って、凍結切片のプレパラートが出来上がったら受け取ってきてください。芳賀先生がドジらなければ15分で結果が出ます。顕微鏡はここにもありますから榊先生もゆっくり鏡検できますよ。クルミちゃんが闘った相手、最後まで暴れていた組織球の顔を確かめることができます。ご両親にも説明してあげられます」

榊の顔にじわじわと高揚感が表れた。彼女はシャーレを受け取り、立石に礼を言って深々と一礼すると解剖室を走り出て行った。

その他の臓器を取り出し終えたところに、榊が出来上がった標本を持って戻ってきた。加藤が受け取り顕微鏡で観察を始めた。

「芳賀先生も珍しく頑張ってくれたみたいだね、綺麗な標本だよ。脾臓は組織球の浸潤が物凄い。あれだけ腫大していたのもわかるね。肝臓にも……どれどれ……類洞や中心静脈に組織球が詰まってる。それから髄外造血像が散見されるのが気になるね、骨髄が相当やられて絶望的状況だったかもしれない。クルミちゃんの身体は本当に頑張ったんだな」

「浸潤しているのは幼若な組織球ですか？」

早苗が縫合の用意をしながら訊ねると加藤が答えた。

「成熟度にバリエーションはあるけど未成熟なものが圧倒的多数」

数分間姿を消していた立石が戻ってきて、手に持っていた別のプレパラートを加藤に渡しながら言った。

「骨髄をガラス板にスタンプして染色してみた」

「おぅ、気が利くね。見せて」

加藤は骨髄の標本を受け取ると顕微鏡の接眼レンズから目をそらさないまま呟いた。

「本来の造血系細胞はいないね。骨髄にいる細胞のほとんどが未成熟な組織球、脾臓と肝臓に浸潤している組織球と同じ顔だ。こいつが最後のクライシスの主役」

加藤は榊に顕微鏡の席を譲って器具を片付け始め、立石は榊が顕微鏡を見ながら発する質問に丁寧に答えた。観察を終えた榊は顕微鏡から顔を上げて言った。

「ありがとうございました。これからご両親に剖検所見をお知らせしてきます」

それを受けて早苗が言った。

「詳細については固定後の組織所見と凍結材料の組織化学所見、それから電子顕微鏡所見を合わせてレポートを出します」

榊は頷いて再び一礼し解剖室から出て行った。

榊を見送った後、加藤が言った。

「先ず胸腔と腹腔に残っている血液や他の水分をスポンジを使ってできる限り取り除く。それから吸湿性のある綿を少し詰める。くれぐれも縫合の針目はいつもより細かく丁寧にするんだよ」

「はい」

早苗は加藤の細かすぎる指示に多少の違和感を抱きながらも言われた通りに縫合を終えた。女児の身体を洗ってタオルで拭き終わった頃合いに、加藤がポケットからテープを取り出した。それは臨床で傷口の保護に使う医療用粘着テープだった。

立石が言った。

「そんな高級品、病理にはないよね。何処からせしめてきたの？」

「盗んだんじゃないよ。榊先生に頼んで持ってきてもらったんだ」

加藤はそう答えて、縫合部分を覆うようにテープを貼った。その手の動きは熟練した外科医のように優しく速くかつ的確だった。それから、不思議そうに見ている早苗に向かって言った。

「赤ちゃんや小さな子どもが亡くなった場合、病院で納棺しないで我が子を抱いて帰りたいって言う親御さんが結構いるんだ。そんな時に剖検後の縫合部から血が染み出したりしたらもっと悲しくなるだろ？」

『そうだったのか……』

納得した早苗は深く頷いた。

「お先にあがるよ」

加藤が２人に声を掛けて出て行った後、早苗は予防衣を脱ぎながらロッカーの反対側の立石に訊ねた。

「さっき加藤先生が榊先生に『患者の死をあまり重く受け止めるな』みたいなことを言いましたよね。なんであんなこと言うのかなぁ、らしくないですよ」

着替え終わった立石は煙草に火を点けて一息吸い込んでから答えた。

「あぁ、あのことね。加藤さんは精神的に消耗して1年休学したことがあるんだ、だからだろうと思うよ」

「えーっ、そうなんですか？」

早苗が驚いてそう言うと、立石は紫煙を眺めながら話し出した。

「加藤さん、本当は芳賀と同期なんだ。学年トップの成績で消化器外科の専門医を目指していた。しかし、心身症で辞めた」

「どうして？」

「さぁね、よく知らない。ただ……1度だけ本人から聞いたことがある。大学病院の外科は手遅れの末期癌だろうと90歳の年寄りだろうと、どんな症例でもオペするというか要するに切りたがるだろ、加藤さんはその辺のところに疑問を感じたらしい」

「その辺って、どの辺ですか？」

立石は頭を掻きながら答えた。

「うーん、これは勝手な想像だけど、ターミナルケアつまり終末期をどう過ごすか……それを医者が決めてしまうような大学病院は患者の人権を侵害していると彼は考えた。そして、亡くなっていく患者とその家族のために必死になればなるほど答えが見つからなくて、彼の心は疲弊していった……そんなところだろう。よほどつらい経験をしたんだと思う。だから榊先生の一途さが心配になって言ったんだろう、自分と同じ轍を踏むなってね」

立石の話は早苗に大きなショックを与えた。早苗はこれまで、臨床医が行う医療行為は人命を救うことに外ならないと信じていた。そして、「患者に寄り添う」という便利な言葉を幾度となく耳にし、自分も使ってきた。しかし、「寄り添う」とはどういうことなのか深く考えることはなかった。

患者を優しく思いやる心を持っているつもりだったが、実のところ無意識のうちに一段高いところから患者を見下ろし、憐れみや施しの心になっていたのではないか。勘違いをしていたかもしれない。

早苗は立石に訊いた。

「あのぅ、患者さんの気持ちに寄り添うって、どうしたらできるんでしょう?」

立石は煙草を消して言った。

「そんなの簡単さ、自分がその患者になったと考えればいい」

早苗は1度目を閉じてから呼気に乗せてスラスラと答えた。

「私は自分の命があと僅かだとわかったら、外科的切除や抗がん剤治療は絶対嫌です」

立石は微笑んで言った。

「じゃ、先に行くよ」


早苗は医師でありながら治療を望まないと即答してしまったことに動揺していた。もし臨床医になっていたら、自分なら望まないであろう治療を患者に対して行うことになるではないか。その矛盾を初めて正面から突き付けられた気分だった。

時は1980年代初期、余命が限られた末期の状態にあって、全てを理解した上で積極的治療を望むかあるいは治療中止を希望するかの判断をできる患者は極めて少ないのが現状である。実際は病院医師による病状の説明と治療方針を理解できるかできないかにかかわらず素直に受け入れる患者がほとんどだった。

解剖室のドアをノックする音と同時に女性の声が聞こえた。

「失礼します。クルミちゃんのお洋服をご両親から預かってきました」

「はーい、どうぞ」

早苗が応えると、葬儀屋の制服を着た30歳くらいの女性がストレッチャーを押してぎこちなく入ってきた。その女性は手に淡いピンク色のワンピースを持っていたが解剖台から離れたところで立ち止まってしまったので、早苗が声を掛けた。

「女性がいらっしゃるのは珍しいですね。鼻孔や肛門の処理もすべて終了していますから、着せてあげて大丈夫ですよ」

すると、女性が困惑の表情を浮かべて小声で言った。

「あのぅ、私は臨時で勝手がわからなくて……」

早苗は女性に歩み寄って言った。

「私も手伝いますから、一緒に着せてあげましょう」

レースがあしらわれた真っ白なキャミソールとショーツの上にワンピースを着せて

白のハイソックスをはかせると、呼吸していないのが不思議なくらい可愛らしかった。２人は無言のまま小さな身体をそっとストレッチャーに寝かせた。早苗はポケットから自分の櫛を出して、抗がん剤のために残り少なくなった女の子の髪を整えながら言った。

「リボンを結んであげたいですね」

葬儀屋の女性は小さく頷いてから手を伸ばして女の子のワンピースの皺を丁寧に伸ばした。それから早苗に一礼して、ストレッチャーを押して霊安室に向かった。その後ろ姿をじっと見送った早苗は櫛をポケットに戻した。

時間外の剖検で解剖助手の技官がいないために、後片付けはいつもより手間取った。病理解剖では外科手術の前後に行われるような器具の数合わせは通常やらない。しかし、早苗は器具の数の確認を必ず行うようにと先輩たちから言われていた。それは数年前に起こった騒動が元になっているらしい。外科手術後に急死した患者の剖検が行われた時の出来事だった。火葬が終わった時にステンレストレーの上にあったのは遺骨と一本のペアン（無鈎鉗子）だったというのだ。当然のことながら遺族は病院を医療ミスで告発した。そして調査の結果、鉗子は剖検時に遺体の体内に置き忘れられたものであり患者の死因とは無関係であるとの結論が出されたと噂されていた。

洗浄が済んだ器具を台に並べて解剖室の電気を消した時には午後10時を過ぎていた。早苗は煙草を吸うために霊安室の外階段に向かった。実は早苗も喫煙者なのだが、チェーンスモーカーの先輩たちと一緒になって研究室で煙草を吹かすことはなかった。疲れた時には1人この階段で一服するのがささやかな楽しみだった。

灰皿代わりのコーヒーの空き缶を持って外に出ると、階段のぼんやりとした照明の下に人影が黒く浮かんでいた。目を凝らして見ると、それは先ほどの葬儀屋の女性だった。手摺に寄りかかって街の明かりを眺めている女性に、早苗は声を掛けた。

「典礼さん？」

女性がこちらに振り向いたので、早苗は白衣のポケットから煙草とライターを出して訊ねた。

「煙草吸ってもいいかしら？」

「どうぞ」

早苗が煙草に火を点けて隣に立つと、女性が言った。

「納棺はご自宅でということになって、私は後でご自宅の方に伺うことになりました。先生はこのことを予想されていたんですね」

「えっ？」

「クルミちゃんが毛布に包まれて帰ることをですよ。実はそのご希望を聞いた時には困ったことになったと思ったんです。解剖後は変に動かすと傷口から血が出てしまうので、必ず納棺するように上司から言われていたものですから。でも、先生がちゃんと大丈夫なように処置してくださってあったので助かりました。おかげさまでクルミちゃんはご両親の腕に抱かれてハイヤーで帰りました。ありがとうございました」

「お役に立って良かったです」

早苗が煙を吐き出してからそう答えると、女性は夜の闇に顔を向けて言った。

「先生、ちょっとうかがってもいいですか?」

「何でしょう」

「剖検医の先生は色々な亡くなり方をたくさん見ていらっしゃるでしょうから、教えていただきたいんです。0歳の人が何歳まで生きるか……、その人の寿命というのは生まれた瞬間に決まっているものだってよく言いますよね。クルミちゃんの命も初めから決まっていたのでしょうか、僅か5年と……。神様とか仏様とかが決めているのだとしたら、どうしてそんな悲しい仕打ちをなさったのでしょう?」

それは科学で説明できる範囲をはるかに超えた質問だった。しかし言われてみれば、剖検医は「あの世」の最も近くで仕事をしていることに間違いない。早苗は少し考え込んだ。

『彼女は本気で尋ねているのだろうか、これは単なる世間話ではなさそうだ』

病気や事故で人命が危険にさらされた時に、「たまたま命を落とす」か「たまたま生き延びる」かが予め決まっていたかどうかは、考えても答えは出ないとわかっていた。さりとて、いい加減な答えをしてはいけない気がした。それほどに、この女性が何らかの答えを求める真剣さは早苗の心に伝わっていた。

早苗は煙草を丁寧に消して空き缶に落とし込んだ。そして、ゆっくり話し出した。

「宗教的な解釈の正否は、私にはわかりません。幼い命が消えるのはとても悲しいです。ですが、46億年前に誕生した地球上に人類が生まれたのは５００万年前であると考えれば、私たち人間1人の生きた時間が１００年だろうと5年だろうと同じように小さく微かな点でしかありません。大事なのは、その人間がこの世に生を受けたという事実だと思います」

女性が大きく頷くのを確かめて、早苗は続けた。

「医学は日に日に進歩していますが、１人１人に目を向けると、私たちの身近な人の余命つまり今後どれくらい生きるかを大きく左右するのは医療そのものよりも『運』であることのほうが多いような気がします。例えば、先日、70代の男性の剖検を行いました。男性は家族と暮らしていましたが、その日はたまたま1人で食事をしていました。帰宅した家族が倒れている男性を発見して１１９番しましたが、救急車が着いた時には意識はなく、病院で死亡が確認されました。死因は何だと思います？」

「見当もつきませんが、何か重大な病気？」

女性がそう答えると、早苗は微笑んで言った。

「死因は窒息でした。おでんを食べていた男性は柔らかく煮えた大根を頬張って喉に詰まらせてしまったのです。男性は特に持病もなく元気でした。もし『その日』に家族が一緒にいたら、もしおでんの大根を食べなかったら男性は『その日』には死ななかった……そう考えると、やはり『運』ではないかと思うんです。一方『その日』がもともと決まっていた寿命だったと解釈すれば、あなたのご質問の通り、人の命の長さは最初から定められた『運命』ということになるのでしょう」

その時、サイレン音が近づき、２人のいる外階段から遠く離れた救急搬入口の扉が開いて２人の看護婦が出てきた。間もなく救急車が到着して患者が運び込まれる様子を眺めながら、早苗は話を続けた。

「もし私が買い物客で賑わう都内のデパートで重篤《じゅうとく》な急性心筋梗塞を起こして倒れても、直ちに救命処置が行われて死ぬことはないでしょう。しかし、旅先のビジネスホテルの一室で倒れていたら翌日まで発見されずに命を落としたかもしれません。それも『運』だと思います」

女性は再び大きく頷いてから空を仰ぎ、夜の冷気を深く吸い込んだ。そして今度は早苗に顔を向けて話し出した。

郵 便 は が き

料金受取人払郵便

新宿局承認

1408

差出有効期間
2021年6月
30日まで
(切手不要)

1 6 0-8 7 9 1

1 4 1

東京都新宿区新宿1－10－1

(株)文芸社

愛読者カード係 行

お名前《ふりがな》			明治 大正 昭和 平成 年生 歳	
ご住所《ふりがな》	□□□-□□□□			性別 男・女
お電話番号	(書籍ご注文の際に必要です)	ご職業		
E-mail				
ご購読雑誌(複数可)		ご購読新聞 新聞		

最近読んでおもしろかった本や今後、とりあげてほしいテーマをお教えください。

ご自分の研究成果や経験、お考え等を出版してみたいというお気持ちはありますか。

ある　ない　内容・テーマ(　　　)

現在完成した作品をお持ちですか。

ある　ない　ジャンル・原稿量(　　　)

書　名				
お買上 書　店	都道 府県	市区 郡	書店名	書店
			ご購入日	年　　月　　日

本書をどこでお知りになりましたか?

1.書店店頭　2.知人にすすめられて　3.インターネット(サイト名　　　　　)

4.DMハガキ　5.広告、記事を見て(新聞、雑誌名　　　　　)

上の質問に関連して、ご購入の決め手となったのは?

1.タイトル　2.著者　3.内容　4.カバーデザイン　5.帯

その他ご自由にお書きください。

(　　　　　　　　　　)

本書についてのご意見、ご感想をお聞かせください。

①内容について

②カバー、タイトル、帯について

弊社Webサイトからもご意見、ご感想をお寄せいただけます。

ご協力ありがとうございました。

※お寄せいただいたご意見、ご感想は新聞広告等で匿名にて使わせていただくことがあります。

※お客様の個人情報は、小社からの連絡のみに使用します。社外に提供することは一切ありません。

■書籍のご注文は、お近くの書店または、ブックサービス(フリーダイヤル 0120-29-9625)、セブンネットショッピング(http://7net.omni7.jp/)にお申し込み下さい。

「実は私も幼い娘を亡くしました。3年前に小児がんで、4歳でした。今でも考えない日はありません、どうしてあの子だったのか。何故、神様に選ばれてしまったのかと……」

女性の潤んだ目は子を失った母親の癒されることのない痛みを物語っていた。早苗は言った。

「そうだったんですね。質問をされた時に何か訳がおありなのだろうと思いました」

女性は少し微笑んで言った。

「いつまでも泣いてばかりではいけないと思って、外に出て働くことにして求人に応募しました。普通の主婦だった私は、お恥ずかしい話ですが、典礼というのが葬儀屋だと知らずにそこの事務職員になったんです。そして今日の夕方、どうしても手が足りなくて1体だけ納棺を手伝うことになりました。それがクルミちゃんでした。こんな小さなお子さんのご遺体を見ると、亡くした我が子の姿が思い出されて頭が混乱してしまって、解剖室に入った時には足がすくみました」

「よりによって子どもさんの納棺をすることになるとは、何ともお気の毒なことでしたね。おつらかったでしょう」

早苗がそう言うと、女性は頷いて続けた。

「私も最初はそう感じていました。でも、先生と一緒に、クルミちゃんに可愛いお洋服を着せてあげているうちにだんだん穏やかな心持ちになって、なんだか温かい気持ちになれたんです。そうしたら、今日の出来事が不思議な巡り合わせのように思えてきて、確かめようもないのに誰かに聞いてほしくなりました。もしかして、あの子が私を呼んでくれたのかしらって……」

女性は伸びをするようにぐっと背筋を伸ばして、再び話し出した。その声は吹っ切れたような明るさを帯びていた。

「この3年、あの子の死を思うたびに、何がいけなかったのかを自分に問い続けてきました。そのせいか、いつも首と両肩に重しが載っているような感じがしていたんです。でも今はスーッと軽くなりました。先生とお話しして、よくわかりました。どんなに願っても失った命が元に戻ることはないと。これからは、大事なのはあの子と共に生きたことなんだと心底思えるようになれそうです。一緒に過ごした4年はあまりにも短かったけれど、かけがえのない時間でした。大切にします。あぁ、先生とお会いできて本当によかった」

一方、早苗は女性の質問に何とかして答えようと真剣に考えを巡らせたおかげで、自分の頭の中がすっきりと整理された清々しさを心地よく味わっていた。これっきり会うこともないであろう女性から不意に尋ねられたからこそ、これまでは特段考えることともなかった死生観を無垢な言葉に表すことができた。そのおかげで、早苗は患者の死のみならず生きた証を大切に扱う剖検医の仕事が自分に向いていると明確に意識するようになった。そして、「胃癌の症例ばかりだ」と文句を言うこと自体が剖検医としての未熟さを露呈していることに気付いた。お礼を言うのはこちらの方だと思った。

女性は一礼して顔を上げた。ぼんやりとした常夜灯に照らされた横顔の生き生きとした美しさが印象的だった。女性は制服のポケットから名刺入れを取り出し、真新しい1枚を残して立ち去った。彼女もこの会話を特別なものと感じたのだろうと早苗は思った。名刺には「南沢《みなみさわ》真美子《まみこ》」と記されていた。早苗の頭に「一期一会」の四文字熟語が浮かんでいた。

告白

　年末年始が過ぎて寒さの折り返し点に差しかかる頃、加藤の論文の別刷りが研究室に届いた。加藤はすぐに包みを開けた。そして、取り出した1冊の表紙の文字を確かめるように目を走らせてから早苗に声を掛けた。

「これ、もらってくれる?」

　早苗は笑って受け取りながら答えた。

「もちろんです。喜んで頂戴します。これって加藤先生の博士論文ですか?」

　加藤は少し残念そうな表情を浮かべて言った。

「主論文はまだなんだ。これはドイツの医学誌『ウィルヒョウ』に載った症例報告だから学位論文にはならないんだよ」

　すると立石が顔を上げて付け加えるように言った。

「でも、学位審査の時には業績の足しになる」

　加藤は頷いて、立石にも1冊手渡した。表紙に記された著者名の中に自分の名前を見つけた早苗が大きな声を出した。

「わーぃ、私の名前も加えてくれたんですね、嬉しいな。初めて名前が載った記念すべき論文です！」

早苗は加藤の机の近くに歩み寄り、もらった別刷りを胸に抱いてぺこりと頭を下げて言った。

「ほとんどお手伝いしなかったのに……、なんか申し訳ないです」

すると、加藤は微笑んで答えた。

「黒木君も研究者として生きていくことを考えているなら、業績リストに載せる論文の数は一つでも多い方がいい。本当は英国の『ネイチャー』や米国の『サイエンス』みたいにインパクトファクターの高い科学誌に掲載されるようなホームラン級の論文を次々に出せればいいんだろうけど、それはノーベル賞候補者がいるようなラボでないと難しい。だから我々は数で稼ぐ、時々ヒットが出せれば御の字さ」

世界中のアカデミアでは常に熾烈な競争が行われており、論文が出ない研究者の評価は情け容赦なく落とされるのだ。早苗は改めて加藤に礼を述べた。

早苗が大学院に進学してから1年が過ぎた。加藤はぎりぎりのタイミングで博士課程を修了して都立病院の病理科に就職した。病理学の大学院研究室には医学部卒業生の町田徹也《まちだてつや》が早苗の1年後輩として入ってきた。この頃になると立石は博士論文の仕上げに没頭していたため、町田に剖検を教えるのは早苗の仕事になった。

その日、町田が数日前に初めて執刀した剖検例について、早苗は顕微鏡標本の材料となる組織片の切り出し方を町田に教えていた。各臓器の所見を確認しながらの切り出し作業が終わりに近づいた時、早苗は固定用ホルマリンのバケツから肺を取り出して町田に言った。

「肺はこうして肺門部をこちらに向けて置き、気管支や動静脈に異常がないか確認するの。それから縦方向に割を入れて所見をとる。患者さんは寝ているので、うっ血や水腫はｓ６とかの下葉背中側に起こりやすくなるから注意深く観察すること」

「はい」

ホルマリンを注入された肺は水を含ませた海綿のような状態のため、滑らかな割面をつくるのは新人には難しい手技である。町田は苦戦しながらも片肺を4分割した。

「ちょっと待って！」

早苗の鋭い声に、町田はビクッとして手を止めた。早苗は肺の割面をじっと見つめていた。そこには粟粒ぐらいの大きさの白っぽいポツポツが幾つも散らばっていた。

早苗はもう片方の肺を自分で切り始め、1か所に親指の頭ほどの大きさの空洞を見つけて呟いた。

「やっぱり……」

それから、顔を上げて町田に向かって言った。

「えーと、剖検時の診断は脳幹部出血だったよね、呼吸器や消化器に問題はなかったの？」

「そうです。経過は脳の話で終始していました。内科の患者で、ポンスと中脳の一部が破壊されるほどの激しい出血を起こし、腫脹した脳が下方向に押し出されるようにヘルニアを起こして死亡しました」

町田がそう答えると、早苗はさらに尋ねた。

「全経過は？」

町田は手袋を外して記録をめくりながら言った。

「たしか6日間です。短いですね。突然後頭部の痛みを訴えて意識不明となり、それっきりです。80歳ですから、考えようによっては幸せな亡くなり方かもしれませんね」

早苗は町田のコメントには反応せずに考え込んでいた。何が問題なのか摑みかねた町田は不安げな表情を浮かべて言った。

「何かまずいことですか？」

早苗は先ほど見つけた空洞の一部と白っぽいポツポツを含む肺の組織を小さく切り取った一片をシャーレに入れて町田に手渡しながら言った。

「意識不明で運び込まれて6日後には亡くなっているから、たぶん内科では感染症の検査をしていないでしょう。手がかりはこれだけだから、今すぐ病理検査室に持って行ってチール・ネルゼンを大至急オーダーして」

「チール何ですか、それ」

「チール・ネルゼン染色、抗酸菌を検出する染色法。この患者さんは倒れる前に結核に感染していた恐れがある。初感染巣ははっきりしないけど、粟粒大の病巣は比較的新しいと考えた方がいい。それから、腸に結核性と思われる潰瘍が複数あったし、排菌していた可能性が高い。もし結核菌が出たら内科に知らせて、ご家族にも知らせなくちゃならないの」


病理検査室からの回答は結核菌陽性だった。

数日後の夜8時過ぎ、研究室で帰り支度をしている早苗に町田が声を掛けた。

「例の結核ですけど、内科の担当医に知らせたらびっくりして酷く慌ててましたよ。患者の家族と、院内で患者に接触した看護婦や医師に検査を受けるように注意喚起するそうです。新たな感染者が出ないといいですね」

早苗は頷いてから、ふと思い出したように低い声で言った。

「町田くんは大丈夫なの？」

「大丈夫です。小学校の時ＢＣＧ受けてますから」

おどけたファイティングポーズをつくって答えた町田に早苗はクスッと笑って言った。

「このケースは内科より病理スタッフの方が危ないかもよ。結核に限らず、感染を知らされずに解剖した場合、患者の体内に潜む菌やウイルスに直接触れるリスクが高いから」

「なるほど。考えてみると、剖検医って危険な仕事なんですね。ヤバいところに入っちゃったかな」

町田がそう言うと、早苗は笑って応えた。

「今頃になって何言ってるの。町田くんは何かの間違いで病理に入ってしまった貴重な人材ですからね、もう逃がしませんよ。じゃあ帰りまーす、お先」

翌朝、早苗が研究室に入ると机の上に花束が置かれていた。早苗は振り向いて後ろの席でレポートを書いている町田に訊ねた。

「これ、町田くんが置いたの？　私にプレゼント？　それとも何かの冗談？」

町田は両手を上げて大袈裟に「潔白」の動作を繰り返しながら言った。

「違います、違います。僕じゃありません。今朝、僕の机の上に置いてあったんですよ。誰かが間違えて置いて行ったんじゃないかと思って、僕が黒木さんの机に置いたんです。だってこの机、僕が入る前は黒木さんが使ってたんでしょ。心当たりないんですか？」

「あるわけないじゃん」

そうは言ったものの、本当に心当たりのないことが残念だった。早苗は染色室の棚から500ミリリットルのメスシリンダーを1本取り、水を入れて研究室に戻った。包装紙を開けると3本の赤いバラが出てきた。大輪で茎が太く、一目で上等な品物だとわかった。切り口には湿らせた綿が丁寧に巻かれていた。早苗がバラをメスシリンダーに活けているところに立石が入ってきた。

「どうしたんだ？　花なんか飾って」

早苗はすまし顔で立石ではなく花に向かって答えた。

「立石先生には永遠に理解できないと思います」

メスシリンダーを少し回してみたりして、花たちが1番美しく見える角度を吟味しながら、早苗は『マイフェアレディ』の『ラヴリィ』を口ずさんでいた。送り主を探し出してお礼を言うべきとは思ったが、その人物が誰かを知るよりも、たった3輪の花があるだけで少女のように心躍らせる自分を見出せたことが嬉しかった。

　2か月後、病理学教室に緊張が走った。病理解剖助手を務めていた若い男子実習生が1か月以上の間咳が止まらないというので検査したところ、結核を発症していたのだ。その実習生は町田が初めて執刀したあの剖検の時に、解剖助手の仕事を担当していたのだった。

　早苗は町田に言った。

「今はリファンピシンっていう劇的に効く薬があるから、結核に感染したとしてもどうということはないけど、半年くらいは病院から出してもらえなくなっちゃうから厄介だよね」

「そーっすね」

　この時、町田は自分の身体のある異変に気づいていた。通常の呼吸よりも意識して深く息を吸うと胸の奥に枯葉が障るようなチリチリとした違和感があった。しかし咳はあまり出なかったので、きっと自分が神経質になっているだけだと考えた。やがて時間の経過とともに、忙しさに紛れて普段はそのことを忘れていた。

早苗は研究テーマとしてストレス環境下に置かれたマウスのナチュラルキラー（NK）細胞の変化をおいかけることになった。早苗が浮かない顔をしていると、自分の論文審査が終わって一時的に気の抜けた状態の立石が言った。

「いいテーマじゃないか。ストレスが免疫機能を低下させることはトレンドになりつつあるし、世界中にその手の論文が溢れてる。既に報告されている実験方法を上手く利用してつなぎ合わせれば、それほど苦労せずに洗練された論文が出来上がる」

早苗は机の上の参考文献の山を整理しながら不満を口にした。

「その実験ですけど、調べれば調べるほど気分は落ち込んでしまいます。ストレスを与えるために動物を金縛り状態にしたり、絶望させるために水槽の水に浸けて溺れさせたりするのは気が進みません。はっきり言って嫌です。虐待だと言われたら反論できません」

町田が読んでいたテキストから顔を上げると2人の方に振り向いて言った。

「僕も黒木さんに賛成です。欧米では動物愛護というかアニマルライトに関心を持つ人が多くて、虐待禁止を訴える団体が動物実験施設に侵入する騒ぎが起きているそうですよ。今、日本はそれほどではないけど、そのうちうるさくなると思うな」

すると、急に早苗がクスクス笑いだした。

「あっ、黒木さん、壊れた」

町田が心配そうに呟き、立石は呆れたように肩をすくめた。早苗は笑いながら首を横に振って言った。

「ううん、そうじゃなくて、ストレスを与える代わりに気持ちよくしてあげる実験とかできたらいいのにって思ったら可笑しくなっちゃって……。マウスはどうすれば『いい気分』になるのかな」

つられて笑い出した立石が煙草に火を点けて言った。

「それはストレスの場合よりも実験データの評価が難しいだろうな。それに忘れちゃいけないことがある。どちらにしても最終的にマウスには天国に行ってもらうことになるんだ。これは避けられないよ、血液中の免疫細胞や全身臓器の変化を観察しなきゃならないからね」

町田が宙を見つめて、ふと疑問を口にした。

「マウスって、エクスタシーとか感じるのかな」

早苗が振り返って言った。

「ばかっ」

立石が煙を吐き出しながら楽しそうに言った。

「町田君を弁護するわけじゃないけど、黒木君が言い出したんだぜ」

それから立石は早苗の方に向いて、

「黒木君の発想はまんざら的外れでもないんだ。アメリカではその手の研究が進められていると聞いたことがある、ヒトを対象にしてね」

「えっ、マウスの代わりにヒトで実験？」

町田が驚きの声を上げると、立石は煙草を消して話を続けた。

「そうだよ。例えば、心理カウンセリングで気持ちを前向きにして、それから、自分の身体の中の免疫細胞が細菌やウイルスや癌細胞と戦ってやっつけるイメージトレーニングを続けると、その人のナチュラルキラー細胞が活性化するデータがあるそうだ」

「へぇー、面白そうですね。患者が明るくポジティブシンキングになれば癌が治るなんてことになったら素晴らしい」

早苗が身を乗り出してそう言うと、立石は首を横に振って言った。

「だけど、そういう研究は日本では評価されてない。特にこの大学では無理。従って、黒木君はマウスのストレス実験だ」

その後の約2年間、早苗は学位のための動物実験と並行して大学病院と関連病院の剖検を１００例ほど担当し、２０００例の生検に目を通して着実に経験を積んだ。論文をまとめ始めた頃、早苗は下山教授に呼ばれて教授室に向かった。

「まあ、座りたまえ」

下山教授は早苗に椅子を勧めてから、おもむろに机の端に置かれた厚紙の山に手を伸ばした。早苗は思った。

『あれは噂の見合い写真に違いない。教授は私に良家の令嬢の見合い写真を見せてどうするつもりなのだろう』

「おっと、こっちじゃなかった」

教授は独り言のように呟いて身体の向きを変えると、開けっ放しの戸棚から別の厚紙の束を取り出した。こちらは机の上の山と比べると3分の1ほどの高さだった。1番上の1枚を手に取った教授は、ややもったいぶった咳ばらいをしてから話し出した。

「教授をやってると、年頃の娘を持つ友人から将来有望な医者を紹介して欲しいってよく頼まれるんだよ」

そう言って、教授は机の上の高い方の山を見やった。それから早苗に向き直って続けた。

「数は少ないが、女医さんの紹介を頼まれることもあってね」

教授が手に持っていた厚紙の表紙を開けると、それは男性の見合い写真だった。

「父親は外科医で100床規模の病院をやっている。この写真の本人も私大医学部に進学したんだが、医者にはならなかった。今32歳、親父の病院の事務を任されてる。だから、親としては女医さんが嫁に来てくれたらありがたいそうだ」

生まれて初めての見合い話がこれとは、まさに人生最悪だ。失望した早苗は黙っていた。すると教授はさらに続けて言った。

「先方は内科の女医さんを望んでおられるんだが、病理出身でもいいそうだ。臨床は結婚してから慣れていけば大丈夫だから」

怒りの臨界を通り越した。早苗は今のところ結婚は考えていないとだけ答えた。すると教授は思案顔になって訊ねた。

「就職は決まっているのかい？」

「いいえ、まだです」

「そうか……。うちの助教授が私大の教授になったのは知っているね。来年度は竹原君と芳賀君をそれぞれ助教授と講師に昇進させようと思っているんだ。助手のポジションは二つあるから留学中の立石君が助手で戻ってきても、もう一つの席が空く。そこでどうだ、助手になるか？」

早苗は見合い話よりも就職口の紹介の方が数倍有難いと思った。ところが、教授の次の言葉を聞いて愕然とした。

「町田君が博士課程を修了するまでの間なんだがね。ちょっと前に病理が外科と交渉して、やっと取り戻したポジションだから空けておくとまずいんだ。町田君が助手になるまでのつなぎの間、黒木君に頼むってのはどうかな」

『ポジションの取引をしたというのは、あのペアン置き忘れ事件のことだろうか……』

教授の説明を聞いて「ギブアンドテイク」の話が一瞬心を過ったが、それよりも助手職の期限付きオファーの方が早苗にとってはショックだった。

町田が優秀な病理医になるであろうことは同感だったが、だからといって自分が消耗品扱いを受けるのはどうにも納得いかない。しかし、理由が明らかなことは承知していた。

男性が自覚することなく女性蔑視を繰り返すのはごく普通のことだから、女性は実害がなければ受け流すのが常である。それが暗黙のルールなのだ。人権を盾に反旗を翻せば、ヒステリーとか面倒な女だとレッテルを貼られてしまう。早苗は考えさせてほしいと答えて教授室を後にした。怒りを追いかけるように悔しさがこみ上げた。

学位審査が終わり、数か月後には病理研究室に自分の席がなくなる早苗は就職口を探し始めたものの、研究職の求人はほぼゼロの現実に落ち込む日々が続いていた。そんなある日、関連病院から剖検の依頼があった。

「胃癌術後の症例。オペの直後に死亡したそうですから、ちょっと何かありそうですね。黒木さん、もうすぐお別れだから、僕、今までのお礼にネーベン（助手）しますよ」

邪気のない笑みを浮かべてそう言った町田に早苗は微笑みを返して答えた。

「ありがとう。町田くんは優しいね。それじゃ、10分後に出かけるよ」

お茶の水から羽田空港近くの関連病院までは電車とバスを乗り継いで片道1時間ほど要するので、いつもは誰も行きたがらない。敢えて手伝いに来ると言ってくれた町田に、早苗は駆け引きなしに感謝した。

病院に到着して解剖室に下りると、外科の男性担当医が待ち兼ねたように話し始めた。

「担当の長谷川《はせがわ》です。実は他に重症の患者がいるのでなるべく早く病棟に戻りたいんですが、途中で私が抜けても剖検お願いできますか？」

早苗はロッカーの後ろで着替えながら答えた。

「今日は運よく助っ人がいますから大丈夫ですよ。でも、臨床経過と解剖によって明らかにされるべき問題点はお聞きしておかないと」

長谷川はカルテを開いて早口に説明を始めた。

「50歳、男性です。胃角部に発生したボルマン2型の癌に対して胃の亜全摘を行い、ビルロート1法で残胃と十二指腸の吻合を行いました」

「通常のシンプルな術式ですね」

　1人分しかない着替え場所を早苗に譲った町田が担当医の前でシャツとズボンを脱ぎながらカルテを覗き込んでそう言うと、長谷川は頷いて続けた。

「ええ、全摘してルーワイ法でつなぐ案も出ましたが、できるだけ自然の状態を残すことになりました。既に肝臓と肺への転移があり、とりあえず生活の質を保つためのオペですから、問題なく終了しました。ところが、術後10時間ほどで病室に戻ったら容態が急変しまして、緊急コールで呼ばれて駆け付けたときにはアレスト（心肺停止）でした。それが今から3時間前です。正直言って、何が起きたのかわからないんです」

　着替え終えた早苗が出てきて長谷川に尋ねた。

「容態が急変した時に誰かそばにいましたか？」

「いいえ、病室は1人部屋で奥さんがいただけです。患者が急に苦しみ出したと言っています」

　早苗が急に現れたので慌てて予防衣のズボンをはいた町田が重ねて訊いた。

「心臓と肺のどっちが先に止まったかもわかりませんか？」

　すると、長谷川は頷いて答えた。

「実は看護婦から聞いたのですが、患者は禁水・禁食の指示が出ているのに飲食をさせろと文句を言っていたそうです。まさかとは思いますが術直後に何か飲食したとすると、術創が開く危険はあります」

「麻酔から覚めてすぐ何か食べたいと思うかな？」

町田が解せない表情でそう尋ねると、長谷川は少し考えてから言った。

「喉が渇くので飲み物を欲しがる患者はいますね。説明すれば理解してくれる場合がほとんどですが、この患者はなかなか言うことを聞かなかったようです」

「それは開けてみればわか……」

早苗が答え終わらないうちに、先に解剖室に入った町田が声を上げた。

「おぉ、凄いぞ！　メスは全部替え刃式だし、鋏はピカピカ！　手術室で使うのと同じ器具だ。ほら、臓器をスライスする刺身包丁も替え刃式で、切れ味よさそうですよ。１本もらって帰りたいなぁ」

早苗は町田を追って解剖台に向かって歩きながら言った。

「大学病院はケチだから、病理にはなかなか予算が付かないけど、患者と医療スタッフ両方の感染防止のためにはディスポ（使い捨て）の器具が必要だよね。ほら、今、アメリカで問題になってるヘルパーT細胞がやられる謎の感染症とか（後に後天性免疫不全症候群エイズと呼ばれた）、いつかは日本にも入ってくるし、怖いよね。安全のためには大学の病理解剖室も手術室並みにするべきよ」

解剖台には体格の良い男性の遺体が横たわっていた。その傍らに立った早苗は久しぶりに胸騒ぎを覚えた。新人の頃に死者の魂の声を受け止めようと頑張った時とは異なる奇妙で不快な波長を頭の奥に感じていた。それは耳障りな電気的ノイズのようだった。この男性は何を訴えようとしているのだろうか……。身体の周囲を取り巻く空気が圧倒的な強さで早苗の思考を押さえつけてくるように思えた。早苗は得体の知れない恐れを感じながら心に念じた。

『どうか心を鎮めてください。これから死因を確かめさせていただきます』

すると、早苗の頭の中のノイズは鎮まるどころか増幅した。まるで患者の精神が荒々しく反応しているようだった。その時、早苗はある可能性に気づいてハッとした。

『恨みだ。この患者はとてつもなく怒っている。いったい誰に対して……』

「どうかしましたか？」

遺体の左側に立った町田の声に促されて、早苗は外表所見を取り始めた。

「死後3時間にしては死後硬直が進んでいて、顎関節とその他の関節にも硬直が認められます。町田くん、背中を確認したいからそちらから持ち上げて………」

早苗の言葉が途切れてしまったので、遺体の肩と腰を持ち上げていた町田が一緒に背中を覗き込んだ。

「こっ、これは……」

絶句した町田に早苗が言った。

「私も本物を見るのは初めてよ」

それから長谷川に向かって、

「先生はご存知だったんでしょう?」

「ええ、まぁ。そっち方面の人らしいです」

遺体の背中には首から臀部に至るまで隙間なく見事な唐獅子牡丹の刺青《いれずみ》が施されていたのだった。その絵柄がびまん性に現れた死斑と混ざり合った様は、この世とあの世の境界を際立たせていた。

町田が疑問を口にした。

「この人、顔だけ日焼けしてるのかな、なんか変な顔色ですね」

改めて遺体の顔面を見下ろした早苗は、あることに思い当たって息を呑んだ。町田が言うように、顔の色が首から下の皮膚よりも紫がかった暗赤色を帯びている。色の境界は不自然なくらいくっきりとしていた。結膜と口腔粘膜を確かめた早苗は小さな声で呟いた。

「これは日焼けじゃない。顔面のチアノーゼ、それも高度の。それから、眼球と下顎部に点状出血がある」

早苗は遺体の頸部を注意深く観察しながら続けた。

「でも、首の皮膚に痕跡はない……」

そして、顔を上げた早苗は少し震える声で長谷川に向かって言った。

「法医学は専門外なので自信はありません。ですが、病理解剖を実行して問題ない症例なのか不安があります。先生はいいんですか?」

「えっ、おっしゃる意味がわかりません」

長谷川は不意打ちを受けたようにポカンとしていた。早苗は疑問の中身を説明した。

「絞頸つまり紐などを使って首を絞めると跡が残りますが、手や腕による扼頸では残らないこともあります。患者は術後で体力が落ちていましたから、呼吸を止めるのに強い力は要らないと思います。場合によってはタオルか何かで口と鼻を塞ぐだけでも可能です」

すると、長谷川は可笑しそうに笑い出した。

「それは先生の考え過ぎでしょう。病院としては直接死因が明らかになればいいし、解剖しても不明だったらそれでいいんですよ、剖検した記録が残れば」

『なるほど、そういうことか』

手術直後の死亡なので、病院は医療ミスがなかったことの裏付けが欲しいのだろう。早苗は言葉を選んで言った。

「この患者は不自然死の疑いがあると思います。粘膜や皮膚の点状出血を溢血点と考えると扼殺の可能性があります。だとすると死後硬直が早いことも頷けます」

長谷川は大きくため息をついた。苛立ちを隠そうともせず時計に視線を走らせて、首を横に振りながら言った。

「今ここで探偵ごっこをしている暇はないんですよ。病理と違ってこちらは忙しいんです。100歩譲って、仮にここに警察を呼んで行政解剖になったとしますよ、それで何も出なかったらおたくの大学の病理が責任とってくれるんですか？　お見受けしたところ先生はまだ大学院生でしょ、責任とれるんですか？」

早苗は相手の予想外の反応に怯んでしまった。そして、反論することができずに沈黙したのだった。

町田は早苗が扼殺説を持ち出したことに心底驚いて思考が止まってしまっていた。それでも早苗が長谷川に責められるのを黙って見ていられず、怒りを込めて長谷川に言った。

「黒木先生は医師免許も死体解剖資格も持っています！」

続けて何か言おうとした町田を制して、早苗が応えた。

「わかりました。では病理解剖を始めます」

腹部中央にある手術の縫合部には生々しく血が滲んでいた。早苗は縫合部の金属を避けてメスを走らせながら町田に目線を合わせて言った。

「腹水がありそうだから、測る用意をして」

「はい」

続いて腹壁を切開すると大量の赤い腹水が溢れ出た。町田が大型のスポンジを駆使して腹水を計量用のビーカーに取り、目盛りを確認して言った。

「血性腹水、3リットルです」

早苗は腹腔内に手を入れて何かを探している様子だった。暫くするとその手が止まった。

「町田くん、このままの状態で写真撮れる？」

「はい」

町田が写真を撮り終えると、早苗は長谷川に説明を始めた。

「残胃と十二指腸の縫合部で組織が脆くなっている部分があります。ここから縫合の一部が外れて大量出血したものと思われます」

早苗の言葉を受けて長谷川が言った。

「それが死因ですね」

「出血性ショックが考えられます」

早苗が頷いてそう答えると、長谷川はホッとした様子だった。その時、縫合部位をじっと見ていた町田が首を傾げて訝るように呟いた。

「縫合のミスではなさそうなのに、どうしてこんなふうに裂けちゃったんだろう」

早苗は少し考えてから言った。

「高齢者の場合には組織が脆くて縫合が外れることもあるけど、この患者さんには当てはまらない。言われたことを守らないで、本当に何か飲んだのかもしれないね、それも飛び切り強いアルコールとか」

それから早苗は長谷川に向かって皮肉交じりに尋ねた。

「通常の病理解剖では、ご遺体の血液検査はしません。長谷川先生が必要と考えたらオーダーなさればいかが？」

早苗の挑発に長谷川が応えようとした時、彼のポケベルが鳴った。

「呼ばれたので病棟に戻らなければなりません。まともに働くレスピレーター（人工呼吸器）があと1台しかないので早い者勝ちなんです。とにかく、この患者の死因がはっきりして良かったですよ。では」

長谷川が立ち去って、早苗と町田は通常の手順で剖検を終えた。

遺体の切開部分を縫合する手を動かしながら町田が言った。

「長谷川先生の味方をするわけじゃないけど、病理学的に妥当な死因が見つかって良かったですよ」

「そうだね」

早苗はそう答えたが何かスッキリしない様子だった。町田は早苗を慰めようとして続けて言った。

「そもそも、もし奥さんが自分でダンナを絞めちゃったとしたら、病理解剖の承諾なんてしないですよ。バレたら大変だもん」

「さぁね。私が犯人だったら、強く拒んで変に思われたくないと考えるだろうな。法医解剖を回避するために病理解剖を承諾することだってありうる。それに、もし後で発覚した時に、病理解剖を承諾したことは自分を救う傍証になる。つまり一種のアリバイ作り」

するとと町田が笑いながら言った。

「そこまでいくと、やっぱり探偵ごっこですよ」

早苗も笑って応えた。

「そうだよねー」

そこへ、遺体に着せる浴衣を持った看護婦が入ってきた。

「もうすぐ典礼さんが来ますから、後はこちらでやります」

「よろしく。ところで、この患者さんが亡くなった時のこと知ってる？」

早苗がそう尋ねると、看護婦の目が輝いた。

「ええ、よく知ってます、私が最初に駆けつけたんです」

看護婦は早苗が質問する前にペラペラと淀みなくしゃべり続けた。

「実は、この患者さんはイラっとすると病室でも奥さんに手を上げるような人で、物は投げつけるし、奥さんはいつも怯えていましたよ。可哀そうなくらいでした」

早苗は言った。

「お仕事がヤクザでも、元気な時には優しい人だったかもしれませんよ。それに、癌の余命宣告を受けたら誰だって冷静ではいられません。わがままにもなるだろうし、奥さんに八つ当たりもするでしょう。そう言えば、しばらく飲食はできないと説明しても言うことを聞いてくれなくて、スタッフも大変だったそうですね」

早苗が水を向けると看護婦は益々饒舌《じょうぜつ》になった。

「そうなんですよ。指示に従ってくれない、とても扱いにくい患者さんでした。ビール飲みたいって毎晩騒いでいたので、もし手術直後にお酒なんて飲んだら死んじゃいますよって言ったんです。なのに、駆けつけた時、私、病室にウイスキーがあるのを見ちゃったんです。きっと奥さんに持ってこさせたんですよ」

「えっ」

早苗と町田は同時に驚きの声を上げて顔を見合わせた。一瞬の空白の後、早苗は慌てて確かめるように言った。

「飲むところを見たんですか?」

看護婦は残念そうに答えた。

「いいえ。容態急変のナースコールで駆けつけた時にサイドテーブルの上にウイスキーのボトルがあるのを見ただけなんですけどね。中身が3分の1くらい減っていたと思います。蘇生処置でバタバタして、気がついた時にはなくなっていました。気になったんでそのことを婦長に話したんですが、何かの見間違いじゃないかって言われました」

町田が逸る気持ちを抑えきれずに割り込んで訊いた。

「その時、奥さんはどんな様子でしたか?」

看護婦にとっては予想外の質問だったらしく、暫く考え込んでからボソリと答えた。

「放心状態というか、ぶるぶる震えるばかりで話が聞ける状態じゃなかったです」

葬儀屋がやってきて納棺の準備を始めた。

この病院の解剖室と霊安室は棺を移動するための小さな扉で仕切られていた。この設備があれば納棺された遺体を運ぶ時にわざわざ廊下を使わずに済む。大学病院でもこの程度の設備はあって当然なのだが、剖検のための設備に予算が付くことは滅多にない。

早苗はその扉を少しだけ開けて霊安室を覗いた。線香の匂いがこちら側に流れ込むと同時に3人の背広姿の男性と1人の地味な服装の女性が立ち話をしているのが見えた。早苗は看護婦を手招きして耳元に囁いた。

「あの女の人が奥さん？」

看護婦は頷いて囁き返した。

「こうしてうなだれた後ろ姿を見ると、益々哀れ……」

その女性はこちらに背を向けていた。男性たちと静かに話しながら、時々肩を震わせて涙をぬぐっているようだった。

看護婦は納棺の作業に戻った。そっと扉を閉めようとした早苗は、思わずその手を途中で止めた。女性が泣き顔を恥じらうように他の人から顔をそむけようとしてこちらを向いたのだ。

『えっ、これはいったいどういうこと？』

その瞬間、早苗は髪の毛が逆立つような得も言われぬ寒気に襲われた。何故なら、早苗の視線の先でハンカチをたたみなおす仕草をする女性の口角が微かに上がり、柔らかな笑みを湛えているように見えたのだ。それは、心の底からホッとして「空っぽ」になった表情であり、喜怒哀楽をはるかに超えた穏やかさに満ちていた。

扉を閉めた早苗は暫くその場に立ち尽くしていた。様子がおかしいことに気付いた町田が歩み寄って言った。

「まだ何か引っかかってるんですか？」

そこで咳き込んでしまった町田は落ち着くまで少し待ってから続けた。

「失礼、むせちゃって……。とにかく扼殺説は却下でしょ。縫合部哆開による出血性ショックで問題ないと思いますよ。癌の転移が相当広がっていたし、もったとしてあと半年ってところでしょう」

「そうなのよ、余命は僅かだった。だから引っかかるの」

早苗は腕組みをして話し続けた。

「直接死因に矛盾はない。でも、病室に看護婦が駆けつけるまでの間に本当は何があったのか永遠に謎のままになった。結果的に私たちは完全犯罪の片棒を担いだかもしれない」

早苗がそう呟くと、町田は首を横に振って言った。

「またまた考え過ぎですよ」

早苗は渋々頷いた。何かが不可解だった。しかし、仮にここで反論の余地のない不自然死を立証して見せたところで、いったい誰が喜ぶだろう。その点は長谷川の主張が正論だ。誰も求めていない真相を明らかにすることは病理の仕事ではない。病理解剖の目的は剖検によって医療の質を維持し高め、未来の患者を救うことにあるのだから。

『いや、ちょっと待った。すべてを知っている当事者がここにいるではないか』

早苗は納棺された遺体の顔を改めて見つめた。恐怖を感じるほどの恨みをはらんだ空気はいつの間にか消えていた。早苗は遺体の額に手を当てて強く心に念じた。

『私にはあなたがわざとお酒を飲んだように思えます。その時、奥さんは七転八倒するあなたの首を圧迫した。奥さんが何故そのようなことをしたのか、何故こと切れるまで人を呼ばなかったのか、あなたにはわかっているのではないかしら。あなたは自分の手で幕引きしたかった、違いますか？』

すると、遺体の額の冷たさが急に手のひらに伝わってきた。そして、思考を遮っていた霧が一気に晴れた。早苗は語り掛けるように念じ続けた。

『当初、あなたが死してなお恨んでいる相手は、あなたの首を絞めた奥さんだと私は考えました。でも、そうではなかった。奥さんに殺意はなく、あなたとの約束を守っただけだった。あと数か月の命でも、その余命返上に奥さんが手を貸したとなれば、ただでは済みません。だから、剖検医が真実を見つけ出してしまうことを恐れたあなたは強い念を残した。解剖室に漂っていたあの異様な空気は私たちに向けた威嚇だったんですね。あなたの思惑通り、奥さんが罪に問われることはないでしょう、安心しましたか？　私にとっては不本意ながら、あなたの計画は成功したようです』

それは早苗の思い込みかもしれないが、妻という女性が瞬間的に見せた不思議な表情と矛盾しない結論だった。こうして、ファイナルレポートに載らないもう一つのストーリーがあったことを早苗は確信した。一方、「これでよかったのだろうか」という悔いにも似た問いは消えることなく、記憶の中に存在し続けることになった。

遺体から一歩下がった早苗は、棺の蓋を用意して待っている葬儀屋に合図した。やがて棺が霊安室に移されると、解剖室は静寂に包まれた。

学位取得後にアメリカのカリフォルニア大学ロサンゼルス校に留学していた立石は、帰国後間もなく病理学教室助手として正式採用されることになった。同時期に講師に昇格する予定の芳賀と机を並べているのがよほど苦痛らしく、立石は自室よりも大学院生の研究室にいることの方が多かった。

「どうだ、就職は決まったか？」

答える代わりに首を横に振った早苗に向かって立石は声のトーンを下げて言った。

「実は、僕が大学に戻れなかった場合に備えて先輩に確保してもらったポジションがあるんだけど、黒木君行ってみるか？」

実際、大学助手の席を手に入れた立石は自分が行かない代わりに誰かを送り込まなければならないと考えていた。そうしないと、せっかく話をつけた大切なルートが繋げなくなってしまうからだった。早苗は立石の思惑に対して反発を感じながらも、現状では補欠選手として名前を挙げてもらえるだけでもありがたかった。

「はい、紹介してください」

早苗の素直な返事が意外だったらしく、立石は少し間をおいて言った。

「残り物は嫌ですとか言われるかと思っていたんだけど、黒木君もよほど切羽詰まってるんだな」

立石は話を続ける前に煙草に火を点けた。嫌煙家の芳賀と一緒の部屋では、立石も煙草を我慢するくらいの気遣いはしているらしい。後ろで文献を読んでいた町田が咳をしたので立石は振り返って言った。

「お前、感じ悪い奴だな」

「すみません、風邪気味なもんで」

町田がそう答えるのを聞いてから、立石は話し出した。

「板橋にある老人病院に併設されている研究所の病理部門なんだけど、エイジングの研究と並行して剖検とかの病理業務をこなせることが条件だ」

老化の研究と聞いて、早苗は少しがっかりした。１９８０年代の花形は何と言っても癌研究だからだ。予想外の「老化」と言われた早苗は二軍スタートを命じられたルーキーのような気分だった。

「えー、老化研究ですか……」

早苗が気の抜けた返事をすると、立石は熱を込めて言った。

「『エイジング』という用語は『老化』より『加齢』と訳した方がスマートな感じがしてイメージが良くなる。今はマイノリティだけど、日本の人口に占める高齢者の割合はどんどん増えてるから、将来はきっとメジャーの領域になるぞ」

「それ、たぶん40年くらい先の話でしょ。私はとっくに定年になってますよ」

そう答える一方で、早苗はエイジングと自分の博士論文のテーマをミックスしたストーリーを考え始めていた。すると、エイジングとストレスと免疫力は無関係ではないかもしれないと思えてきた。早苗はぺこりと頭を下げて言った。

「よろしくお願いします」

「わかった。それじゃ、女でもいいかどうか先方に聞いてみるよ」

その嫌味な一言に早苗が文句をつける前に立石は続けて言った。

「ところで、加藤さんのことは聞いているかい？」

「えっ、加藤先生がどうかしたんですか？」

早苗がそう訊き返すと、立石は表情を曇らせて煙草を消した。

「先月から入院してる。悪性だ」

「そうですか」

早苗はその一言しか返さなかった。いろいろな想いが一気にこみ上げて、言葉が見つからなかった。立石は珍しく早苗の目を見て言った。

「黒木君も見舞いに行ってやれ」

「わかりました。この仕事が片付いたら近いうちに顔を出して……」

すると立石が早苗の言葉を遮るように言った。

「できるだけ早くだ！」

早苗がキョトンとしていると、今度は目線を逸らせて窓の外に顔を向けてから立石は続けた。

「昨日会ってきたんだ。ＡＰＬ（急性前骨髄球性白血病）だって。本人は『ヘビースモーカーは肺癌になる予定だったのに』って冗談言って笑ってたけど、病状はあまり良くないみたいだから……」

急性前骨髄球性白血病は白血病の中でも予後の悪いことが知られている。「あまり良くない」とは危険な状態であることを意味していた。早苗は無言のまま頷いた。

　何かお見舞いの品でもと迷ったが、ぶらっと立ち寄った雰囲気を出した方が良いと考えて、早苗は手ぶらのまま加藤の病室を訪ねた。２人部屋の出入り口に近い廊下側のベッドは空いていて、窓側のベッドに顔色の冴えない加藤が腰かけていた。

「近くまで来たので、加藤先生の顔を見に来ました」

　早苗の挨拶に少し微笑んで加藤が応えた。

「おう、黒木君の調子はどうだ？　論文は終わった？　ポジションは見つかったか？」

「まあ、何とかなりそうです。神経内科に入った同級生の山口さんにワープロが使える最新式のＰＣ（パーソナルコンピューター）とプリンターを使わせてもらえたので、加藤先生の時のように教授が一行直すたびに徹夜で全文打ち直ししなくて済みました。フロッピーディスクっていうドーナツ版みたいなものに内容を保存できるので便利ですよ。数年前と比べたら、ホントに夢のようです」

「そんな時代になったんだなぁ」

　加藤は感慨深げにそう言ってから、すぐに質問を返した。

「そのＰＣは日本語ワープロもできるの？」

「いいえ、日本語は英語より難しいですからね。でも最近、徳島の何とかシステムっていう会社が出した日本語ワープロソフトがいけそうだって噂です。今回私が使わせてもらった英語ソフトも、慣れるまで結構大変でした。画面のインジケーターはいちいち読まなきゃならないし、ファンクションキーの意味と『コントロール＋何とか』ってコマンドが全部頭に入っていないと使いこなせません」

早苗は加藤が興味を持って話を聞いてくれるので嬉しくなってそう答えた。しかし、楽しい会話はそこまでだった。疲れた様子でベッドに身体を横たえた加藤は、短い沈黙の後に紫斑だらけの自分の両腕に目を落として言った。

「立石から病名は聞いた？」

「はい」

早苗の返事に頷いた加藤は大きく息を吸い込んで話し出した。

「初発症状は口腔粘膜からの出血だった。変だなと思って口腔外科に行ったんだけど、後から考えてみると出血傾向の典型的な症状だよね。自分のこととなると意外に気付かないものなんだ、患者の側にいることを」

患者側から見える景色を詳細に述べることで、加藤は早苗に何かを伝えようとしているようだった。

「血液検査の結果はパンサイトペニア（汎血球減少症）で、赤血球や白血球、血小板などすべての血球成分が異常に減少していた」

「その時の検査では末梢血中に白血病細胞は見つからなかったんですか?」

話に耳を傾けていた早苗がそう尋ねると、加藤は頷いて言った。

「そう。だから臨床診断は『再生不良性貧血の疑い』だった。本当の病名がわかったのは骨髄生検の結果が出てからだった。理由はよくわからないけど、末梢血に白血病細胞が出てこないケースが稀にあるんだってさ」

加藤はまるで誰かに急かされているように休みなく話し続けた。

「化学療法が始まると無菌室行だ。ＤＩＣ(汎発性血管内凝固症候群)は何とか免れたんだけど出血傾向が改善しなくてね、いつ大出血を起こしてもおかしくない状態なんだ。骨髄の白血病細胞をたたいて寛解にもっていく前に出血で死んじゃうかもしれないな」

加藤は他人の病状を話すように淡々と語り、早苗はただ頷くのみだった。すると、一呼吸おいてから加藤が唐突に言い放った。

「僕は人殺しって言われたことがあるんだ」

「えっ」

加藤は早苗の驚いた表情を見て満足げに頷くと天井を見上げて話し出した。

「消化器外科にいた時、84歳の末期膵癌患者のオペに反対して上の命令に従わなかったんだ。一時しのぎのオペで完治できないことは明らかだし、患者本人がもう静かに逝きたいって話していたからね。ところが、家族は1日でも長く生きて欲しいと考えた。特に息子はオペに賛成だった。その時僕は教授から言われたんだ『医師が延命治療をしないのは殺人と同じだぞ、お前は無責任だ』ってね。ショックだったよ。患者の意思を尊重するのは無責任なのか？　ずっと考えていたら、なんだか自分の方が間違えているような気がしてきてわかんなくなっちゃった……」

加藤は一休みして続けた。

「その患者はオペを受けてから4週間後に亡くなった。術後経過は芳しくなくて、可哀そうなくらい苦しそうだった。その後、僕はすべての担当から外された。教授は医員全員の前で僕の論文原稿を破ってゴミ箱にぶち込んだ。大学病院というところは医師を養成する教育機関でもあるから、技術を磨くためにオペは行われるべきということなんだろう」

「それで外科をやめたんですね」

「うん。1年ほどぶらぶらしていたら竹原先生が病理で学位を取らないかって誘ってくれたんだ。病理の4年間は忙しかったけど、臨床に比べたら自由に学問する時間がたっぷりあって楽しかったよ」

そう言って、加藤はやっと笑顔を見せた。

早苗は数週間前の扼頸かもしれない剖検例が今も気になっていた。加藤なら理解してくれるのではないかと思い聞いてみることにした。

「実は関連病院の胃癌術後の剖検なんですけど、変なところがあって気になっているんです。聞いていただけます？」

「いいよ」

早苗は剖検時の所見を説明し、ファイナルレポートには記さなかったもう一つのストーリーについて詳細に話してから加藤に訊ねた。

「私は病理学的に問題ないレポートを出しましたけど、それでよかったのか迷っています。どうすれば1番良かったのかなって」

加藤は暫く考えてから口を開いた。

「黒木君は『患者が自ら望んで死のうとし、奥さんがそれを手伝った』と疑っているんだね」

早苗が頷くのを確かめて、加藤は続けた。

「その点については自分で判断しなければならないよ。憶測の域を出ないなら忘れた方がいい。ただ一つだけ言えることがある。それは末期癌の告知を受けた患者や経済的苦境と相まって激しく絶望した患者が病院内で自殺をはかるケースは意外に多い。

正確なデータはわからないけど、僕が知っているだけでも複数例あるよ」

「患者にとってはそれも一つの選択肢ということでしょうか？」

「たぶんね。将来は日本でも尊厳死や安楽死について議論される時代が来るだろう」

早苗の質問に加藤は少し微笑んでそう答えた後、おもむろに付け加えた。

「黒木君は青春を無駄にしちゃいけないよ」


その一言は意味不明だったが、加藤が疲れた様子だったので真意を確かめることはせずに、早苗は立ち上がって挨拶した。

「お話聞かせていただいて良かったです。ありがとうございました。また来ます」

病室の出入り口に向かって行きかけたところで、早苗はふと足を止めて振り返った。やはり花でも持ってくればよかったと後悔したからだった。その時、大学院研究室の机の上に置かれていた3本の赤いバラがふと思い出された。

早苗は加藤に訊ねた。

「そう言えば、だいぶ以前のことなんですけど、加藤先生は私にバラの花をくださいましたか？」

「いや、知らない」

加藤の短い答えは矢のような速さで返ってきた。

踵を返して再び歩き出した早苗の背中を加藤の言葉が追ってきた。

「もう来なくていいよ、さよなら」

「さよなら」

振り返らずにそう応えて病室を出た。後ろ手に扉を閉めた早苗は、涙がこぼれ落ちないように廊下の天井を見上げた。


加藤が亡くなったのは、早苗が訪ねてから1週間後のことだった。本人の予想通り、脳内に大出血を起こしたことによる急死だった。葬儀から戻った早苗が荷物の整理をしていると研究室に入ってきた町田が声を掛けてきた。

「黒木さん、板橋の老人病院に決まったんですか？」

「うん」

「それじゃ、今度、遊びに行きますね」

「なにその女の子みたいなセリフ。来るなら手伝いにでしょ」

早苗は気の抜けた笑いを漏らしてそう答えると、机の上でドライフラワーになっていた3本のバラを丁寧に紙でくるんで段ボール箱に入れた。すると、町田が目を輝かせて言った。

「そうだ、ずっと言おう言おうと思っていて忘れてたんですけど、黒木さんは3本の赤いバラの意味を知ってます？」

早苗は片付けの手を動かしながら興味のない素振りで言った。

「そんなの知るわけないでしょ」

「普通の花言葉だけじゃなくて、バラには色と本数でいろんな意味を持たせることができるそうです」

そして、町田は得意げに言った。

「諸説ありますが、赤いバラを3本は『告白』だそうですよ」

早苗の手が一瞬止まった。しかし、すぐにまた作業を続けながら訊いた。

「『告白』って何の？」

「愛に決まってるじゃないですか、ＬＯＶＥですよ」

完全に手を止めた早苗は町田に向かって嫌味を込めて言った。

「『カノジョ』にでも聞いたの？」

「いいえ、母です」

町田の邪気のない答えを聞いた早苗はため息をついて言った。

「貴重な情報をありがとう。お礼に一つ、いいこと教えてあげる。町田君は評判良いよ。優秀で性格もひねくれてないし、おまけに『男』だし、将来はきっと教授になる。頑張ってね」

するとにこ町田は急に真顔になって言った。

「ありがとうございます。黒木さんに色々教えてもらったこと、ホントに感謝しています」

早苗は「私も加藤さんに感謝を伝えたかった」と、ふっと思った。

町田の言葉は続いていた。

「でも、僕はちょっと遅れそうです。明日から入院するんで」

「えっ、どうして」

早苗の問いかけに対して、町田は少し困ったような渋い表情を浮かべた。数秒間の沈黙の後、彼は吹っ切れたようににっこりして言った。

「僕、結核に感染しました」

ラジオからは「ルビーの指輪」が流れていた。

極上の老衰

4年間の博士課程を修了した早苗は老人病院の研究所に就職した。免疫の基礎研究の傍ら、剖検など病理の業務に携わる生活は多忙を極め、退室時間が真夜中近くになることも珍しくなかった。

剖検数は年間300例を超える多さで、1日に4例以上おこなわれることもあった。人手に関しては大学病院よりも恵まれており、解剖助手3名と専門の写真係1名が常に仕事に備えているという剖検医にとっては大変有難い環境だった。

早苗の上司である研究所免疫病理部門部長の鶴見《つるみ》が言った。

「黒木君は免疫の実験に8割、病理医の仕事に2割の配分でこなすようにしてくれたまえ。君が大学院で学んだ病理形態学は100年前に終わった学問で進歩がない。中でも病理解剖なんて医師が自分の脳細胞を使うまでもない脊髄の仕事だ。時間を割くのは2割でも多すぎるくらいだ」

「脊髄の仕事」とは頭を使わない肉体労働を意味していた。これは鶴見お気に入りのフレーズだ。早苗は鶴見が病理形態学を小馬鹿にした発言をするたびに不快になった。

早苗のもう1人の上司である倉本《くらもと》は渡り廊下を抜けた先の病院病理部長だった。鶴見とは対照的に病理診断学一筋の倉本は動物実験の話にはまったく興味を示さなかった。このように、ともに病理学出身で50代前半の2人の部長はまったく異なるベクトルを示していた。

一方で、2人には共通して的外れなダンディズムの傾向があり、20代の早苗の目には自分の評判を常に気にする普通の「おじさん」として映った。性格は粘着質で思い込みが激しく、問題発生時には状況回復よりも犯人探しを好み、夜ごと酒を酌み交わしては誰かの悪口を楽しむ仲だった。2人とも部下から慕われるタイプの人間ではなかったが、自分の不利益にならない範囲で早苗の味方になってくれた。

病院病理での仕事の最初に倉本が早苗に言った。

「古株の検査技師の中には医師をなめている人間がいます。医師である黒木君が馬鹿にされないように、彼らの前では黒木君のことを敢えて『黒木先生』と呼ぶことにします」

「はい、ありがとうございます」

早苗は倉本が自分に配慮してくれているのだろうと思ってそう応えた。すると倉本は頷いて、医療スタッフに関する不満を続けて述べた。

「最近は専門学校を短大にするとか大学に看護学部をつくるとかの話があるけれども、技師や看護婦にそんなに知恵をつけて偉くしちゃって、いったいどうするつもりなんだろうと思いますよ」

倉本は明治時代に日本に入ってきたドイツ式医学に敬愛の念を抱いていた。病院組織のてっぺんにいるのが医師であると信じて疑わず、医療をサポートするスタッフは消耗品と見なしていた。そして、医師の中でも旧帝大系医学部出身者が最も尊敬に値すると考えていた。ある意味とてもわかりやすい人物だった。


研究所の鶴見部長は老人性痴呆症（現在の認知症）の一因と考えられている脳の老人斑（アミロイドβ）出現のメカニズムを明らかにしようとしていた。その手がかりを得るべく、老人斑と特異的に反応する単クローン抗体の作製を早苗に命じた。

「この業界は常に競争だ、1番を狙え。1番乗りなら『特異的に反応する単クローン抗体を作りました』というだけで有名医学誌に論文が出せて、その論文をたくさんの研究者が引用する。しかし誰かに先を越されてしまったら、次は、診断や治療へのアプローチをしなくちゃならない。そうなったら、さらに10年はかかるし、期待通りの結果が得られるかどうかもわからない。失敗したら、その10年間が研究費もろとも無駄になる。それが科学だ」

　鶴見の考えは正論だった。だから、科学者は1番を狙う。科学史上に残る第一報のいくつかは偶然の産物である。確かに、それは狙って必ず手に入るものではないが、知力と体力を惜しまず努力を続けた結果であることも事実だった。


　命令に従って抗体作製に没頭する早苗に鶴見が訊ねた。

「将来、黒木君はどの辺のポジションを目指すつもりなんだ？」

　早苗は素直に答えた。

「今はがむしゃらに頑張っているだけで先のことは考えられません。でも、いつかは教授になって自分のラボを持ちたいです」

　すると鶴見は腹を抱えてゲラゲラ笑い出した。呆気に取られている早苗に向かって、鶴見は言った。

「教授だって？　君はそんなものになりたいのか、教授なんて馬鹿ばかりだぞ！」

　早苗はその言葉に毒を感じて視線を足元に落とした。ところがまだ足りないと思ったのか、鶴見は廊下を偶然通りかかった病院の倉本部長を呼び止めた。そして、可笑しくて仕方がないという様子で言った。

「ちょっと倉本さん！　彼女は教授になりたいそうだよ」

倉本は足を止めて応えた。

「ほう、それはいいね。でも教授なんて馬鹿ばかりだよ」

2人の頭の中では、「教授職」が「部長職」より上なのは明らかだった。


目論見通りの単クローン抗体ができる確率は絶望的に低いがゼロではないと考えると、人間は不思議なもので、どんなものが釣れるかが楽しみになってきた。宝くじを買う時の心理と同じである。早苗は研究棟最上階の動物舎で20匹ほどのマウスの皮下にアミロイドを注射した。この感作されたマウスのリンパ球を取り出して抗体産生能力を持つミエローマ（骨髄腫）細胞と融合させ、目的の抗体を特異的に産生する融合細胞を釣り上げる予定だった。

しかし、実験は最初から頓挫《とんざ》してしまった。リンパ球を採取する前にマウスが全部死んでしまったのだ。死亡した動物は廃棄するのだが、早苗は死因を明らかにするためにマウスを解剖した。すると、死んだマウスの肝臓が激しく破壊されていることがわかった。

早苗は慌てて鶴見に報告した。

「死亡したマウスは、人間の病理解剖だったら劇症肝炎と診断するべき状態でした。動物舎が肝炎ウイルスで汚染されている可能性があります」

鶴見は早苗が差し出したプレパラートを顕微鏡で見ながら言った。

「なるほど、これは酷いな。他の動物は無事なのか？」

「ええ、死んだ20匹は抗原の皮下注射で弱っていたので一種の日和見感染を起こしたものと思われます。動物舎の除染をしないと、このままでは実験が続けられません」

早苗の説明に頷いてから鶴見は少し笑みを浮かべて言った。

「参ったな、20匹全部を細部に至るまで解剖するとは、さすが病理医だ」

それは褒め言葉のようでありながら皮肉のようにも聞こえた。


その日の部長会から戻った鶴見は渋い顔で言った。

「現在動物舎にいるすべての動物が殺処分されることになった」

「えっ、全部ですか？」

そこまでは考えていなかった早苗が驚いて訊くと、鶴見はため息交じりに答えた。

「そうだよ。動物舎の除染が必要だと言ったのは黒木君じゃないか。除染が動物の殺処分を含むのは当然だろ」

鶴見はさらに苦々しい表情になって続けた。

「だから、動物舎を利用している各部門から矢のようなクレームが飛んできたよ。実際、ウイルス感染を発見したうちの部門が元凶だと言われた。中でも分子生物学部門の丸川《まるかわ》部長は黒木君がウイルスを持ち込んだんじゃないかって言ってたぞ」

早苗は『この上司は部下を守らない』と感じた。

部長からテーマとして与えられたアミロイドβはアルツハイマー型老人性痴呆症の原因と考えられているが、それを証明した人はまだいない。従って、発症の引き金は別にあるかもしれないのだ。アミロイドβやタウ蛋白質の沈着と痴呆症との間に相関は見られるものの、それらは単なる中間産物ではないかと早苗は密かに疑っていた。何故ならば、剖検時の脳にアミロイドβが高度に沈着していても生前の認知機能に何ら問題のなかった症例が一定の割合で存在していることを日々の剖検の経験から知っていたのである。しかし、それを証明するための労力と時間そして資金は早苗の手が届くものではなかった。

毎日マウスの世話に追われて実験や細胞培養が思い通りに進まず苦労している早苗にとって、病院の剖検医としての仕事は体力的につらくても精神的には癒しの時間だった。

大学院生時代にはこの世に想いを残しながら旅立つ死者の呟きを何度も聴いた早苗だったが、この病院に来てからはそのような現象に出会うことはなくなった。高齢の患者は死を抵抗なく受け入れる傾向があるからだろうと思われた。一気に天界に昇る魂の純朴さは子どもへの回帰と言えるかもしれない。一方、早苗は雑用に埋もれて30代になり、心がささくれ立ってハリネズミになりつつあった。


ある秋の日、病院敷地内に併設されている特別養護老人ホームで死亡した男性の剖検依頼があった。早苗が解剖室に下りると、先に来ていた内科の若い研修医が説明を始めた。

「担当の坪井《つぼい》です。患者は93歳。10年前に前壁の心筋梗塞の既往がありますが、現在まで心不全症状なくお元気でした。痴呆症はありませんでした。今日の昼は敬老の日のお祝いで、いつもはあまり食べないのに珍しく山ほど召し上がったそうで、介護スタッフの話では上機嫌だったそうです。その後、昼寝をすると言って布団に入り、数時間後に亡くなっているのが発見されました。丁度ご家族がお祝いにいらしたところだったので、その場で剖検の承諾をいただきました」

早苗は遺体の穏やかな顔を見下ろして言った。

「こんな風にあっさり死ねたらいいですね」

　思わず本音を漏らしてしまった早苗は急いで続けた。

「それにしてもご家族は『お祝い』の予定が『お見送り』になって動転されていたでしょうに、その場でよく承諾されましたね」

「心不全の死亡診断書を出してお返しすることもできたんですが、突然死ですから死因を究明したいと正直にお話ししました。ご家族としてはおじいちゃんが世話になったという気持ちがあったみたいで……納得していただけました」

　坪井が少し謙遜した様子で答えたので、早苗はその意をくんで言った。

「きっと坪井先生やスタッフの皆さんが誠意をもってお世話していたから承諾してもらえたんでしょう。そうと伺ったからには、病理としても必ず直接死因を明らかにしなくてはなりませんね。では、始めます」


　解剖の結果、死因は急性心筋梗塞だった。

「心室中隔前方に古い梗塞があり、既往歴の記載と一致します。それとは別に、左心室全周性にフレッシュな心内膜下梗塞が見られ、さらに左心室側壁から後壁にわたり小出血を伴う大きな心筋壊死（梗塞）がトランスミュラル（心室壁の厚さ全部を貫く）に認められます。この病変は僧帽弁基部の高さから心尖部まで縦方向にも広がっています。致命的ですね」

冠動脈の観察を始めた早苗は納得したように頷いて続けた。

「病変領域の栄養血管である左回旋枝の起始部に血栓が認められます。これが引き金となって、広汎な心筋梗塞が発生したものと考えられます」

早苗が心臓の所見をまとめると坪井が訊いた。

「死因となった急性心筋梗塞が何時間前に起きたものかわかりますか？」

「プレパラートを作って顕微鏡で確かめないとはっきりとは言えませんが、1番大きい梗塞が起きたのはたぶん6〜7時間前だと思います」

そう答えてから、早苗は思いついたように尋ねた。

「発見された時に苦しんだ様子はありましたか？」

坪井は首を横に振って言った。

「いいえ。起こしに行ったスタッフが最初は眠っているように見えたと言っていますから、もがき苦しんだ気配はなかったんだと思います。7時間くらい前というと布団に入ってから間もなくということになります。そう言えば、スタッフの1人が『あー』とか『はぁー』みたいな声を聞いたような気がすると言っていました。大あくびをした時のような一声だけだったのでたいしたことではないだろうと考えたそうですが、もしかすると『そのとき』だったのかも……」

早苗は同意を示すように頷いて言った。

「激痛に苦しむことがほとんどなかったとすると、我々が知っている心筋梗塞の亡くなり方とは違いますね。神様の粋な計らいだったのかしら、とにかくご本人にとっては安らかな旅立ちでよかったです。そうそう、ほぼ未消化の胃内容が2リットルもありましたから、本当にたくさん召し上がって幸せなお祝いの日だったんですね」

坪井は笑みを浮かべて言った。

「ご家族にそう伝えます。おじいちゃんがどんな経緯で亡くなったのか、剖検によって知ることができて良かったと感じてもらえると思います。それから、私も勉強になりました。ありがとうございました」

早苗は軽く会釈して応えた。

「ご自分では意識していないでしょうけど、坪井先生は自然体で患者さんとご家族に寄り添っていらっしゃる。医者の中でそれができる人は意外に少ないんですよ。すごい才能だと思います。大切にしてください。私も坪井先生とお話しして、初心を思い出しました。ありがとう」

解剖室から上がった早苗は研究棟に戻るために2階の渡り廊下をゆっくり歩いてい

た。外の狭い駐車場に出入りする車を眺めながら頭の中で解剖所見をまとめていた。その時何かが気になってふと足元に視線を移すと、薄ピンク色をした鶏卵大の生き物が廊下の端をちょろちょろやって来て早苗とすれ違って行く光景が目に入った。今起ころうとしている事態を理解するのに数秒間を使ってしまった早苗は慌てて振り向いて小さな脱走者を目で追った。その生き物は渡り廊下を進んだ先の病院棟の廊下を歩いていた。行く手は外来の広い廊下と交差しており、そこを行き来する一般の人々の姿が見えていた。

早苗は急いで踵を返し病院に向かう途中で病理検査室のドアを開けて言った。

「実験用のマウスが病院の廊下を歩いてるっ！　誰か捕まえるの手伝って！」

ドアの近くで仕事をしていた検査技師の榎木《えのき》が出てきてくれた。彼は軍手をはめ、もう1組を早苗に手渡しながら言った。

「黒木先生が逃がしたんですか？」

早苗は受け取った軍手をはめながらも目は廊下の床から離さずに答えた。

「違うわよ、でも、早く捕まえないと外来がパニックになっちゃう」

榎木もかがみこんで目を凝らしてみたがマウスは見当たらなかった。

「何処かに行っちゃったみたいですね」

「あれは担癌（癌細胞を移植された）のヌードマウスだった。逃げ足はそれほど速くないはずよ。でも見た目は最悪だから、目撃した人は気絶しちゃうかもしれない……

いたーっ！」

　早苗と榎木の数メートル先をヨチヨチと横切るマウスがいた。人々の足元を縫うように進んだマウスは廊下の壁際に設置された公衆電話の台の裏にもぐり込んだ。幸いなことにまだ誰もマウスの存在に気付いていなかった。早苗は走り出したい気持ちを抑えて早歩きで電話台に近づいた。

「榎木くん、左側の隙間を塞いで」

「オーケー」

　早苗は電話台の右側から右手を入れてマウスの尻尾を摑んだ。隙間から慎重に引っ張り出したマウスを両手で挟んだ早苗はホッとして立ちあがった。その時、突然後ろから声がかかって、驚いた早苗はもう少しでマウスを落としそうになった。

「この電話使えますか？」

　そう訊いてきた中年の男性に、榎木が立ち上がって笑いながら答えた。

「どうぞ、お使いください」

　笑顔の２人に不思議そうな一瞥を投げて、男性は受話器を取り上げた。

「そのマウスどうするんですか？　迷子の館内放送するわけにもいかないですよね」

早苗の手の中のマウスは体毛がほとんどなかった。皺だらけの萎びた顔の赤い眼は「悪魔の化身」を思わせたが、実際のヌードマウスはおとなしい性格で自分から攻撃することは滅多にない。特に首から背中にかけてごつごつとした癌の塊を背負った姿は痛々しかった。早苗はマウスの頭を指で撫でながら榎木の質問に答えた。

「心当たりがあるの、このまま行ってみる。さっきは協力してくれてありがとう、今度みんな誘って飲みに行こうね」

「了解」

榎木は嬉しそうにそう言って検査室に戻って行った。

早苗はその足で分子生物学部門の研究室に向かった。以前そこに出入りしている大学院生と動物舎の処置室で一緒になった時、彼の動物の扱いがやや雑だったことが気になっていたのだ。

「あのぅ、おたくの研究室から担癌のヌードマウスが逃げ出していませんか？」

開いていたドアから首を突っ込んでそう尋ねると、その大学院生が手にマイクロピペットを持ったまま慌てて出てきた。マイケル・ジャクソンの『今夜はビート・イット』のメロディーが微かに漏れ聞こえていた。

「あなたのマウス？」

「はい、すみません。１匹だけ見つからなくなってしまって……」

早苗は大学院生と一緒にいた技官が用意した箱にマウスを入れて言った。

「病院外来の廊下を歩いていました」

それから、部屋の奥にいる丸川部長に聞こえるように意識して大きな声で付け加えた。

「動物の管理には気をつけてください。特に、病院の廊下は細菌やウイルスで汚れています。汚染されたマウスを動物舎に戻すようなことは、私だったら絶対しません。いいですね」

今回の一件で動物舎汚染の濡れ衣が１００パーセント晴らせたわけではなかったが、早苗は一矢報いただけでも気分爽快だった。


ある日、大学時代の同級生だった山口圭子が早苗を訪ねてきた。圭子は卒業後神経内科の先輩と結婚して姓が大村《おおむら》に変わり、現在は子育てを優先して専業主婦生活を送っていた。待ち合わせをした研究所近くの喫茶店に早苗が行くと、先に来ていた圭子が笑顔で手を振って合図を送ってくれた。

「ごめん、待たせた？」

早苗がそう訊くと圭子は笑顔で答えた。

「うぅん、私も今着いたところ。仕事中に呼び出してゴメン。それにしても久しぶりだよね、何年ぶりかしら」

「大学院の頃、圭子からALS（筋萎縮性側索硬化症）患者の剖検を依頼されたとき以来だから、5年ぶりくらいかな。元気だった？」

学生時代の思い出話がひと段落すると会話が途切れた。2人とも無言で店内を流れるワムの『ケアレス・ウィスパー』に暫く耳を傾けた後、圭子が本題の話を始めた。

「今、主人がアルツハイマーとかの記憶に関する研究をしているんだけどね、剖検例から脳のサンプルをもらえないかしら」

早苗はモヤモヤとした不安を感じて訊ねた。

「脳のサンプルって、脳の何処の？」

圭子はやや口ごもって答えた。

「海馬回、左右の、固定前の生で……、なんなら早苗と共同研究ということでどう？」

「それは無理だわ」

即答した早苗は、そもそも圭子が亭主のために頼みに来たことが気に入らなかった。もし、圭子自身が研究に没頭する中で仮説を証明するためにどうしてもヒトの海馬回が必要だというのなら、早苗の答え方はもう少し優しかっただろう。しかし、早苗は怒っていた。何故なら、脳の海馬回（海馬傍回）は記憶に特化した重要な部位でありながら範囲が小さいので、病理診断のために切り出す際にも細心の注意を払うべき大切な場所なのだ。そして、子育て中とはいえ医師である圭子はそれを知っているはずだった。

一呼吸して怒りを鎮めてから早苗は言った。

「圭子のご主人が医学の進歩のためにどうしてもというのなら、うちの病院の倉本病理部長宛てに正式に申し込んでもらうことになる。それから倫理委員会が招集されて……たぶんダメだろうけどね。海馬回を欲しがっている医者や研究者は他にもたくさんいるから、そう簡単に認めるわけにはいかないのよ」

圭子は頷いて言った。

「わかってる。だからこうして早苗に頼みに来たの」

早苗は適当な言葉が見つからなくて、ただ首を横に振った。

『病理解剖の目的が研究用のサンプル採取になってしまったら、亡くなった患者や剖検を承諾してくれた家族に申し訳ないではないか』と、早苗は心の中で呟いた。

その後、圭子からは二度と連絡はなかった。早苗に意地悪をされたと感じたのだろう。振り返ってみると、自分は無意識のうちに意地悪をしたかったのかもしれないと早苗は思った。学生時代の成績は常に早苗より上で、早々に幸せな結婚をし、夫は将来の教授候補になり、自分は子育て優先を宣言して悠々と贅沢な暮らしをしている主子に対して、早苗は羨ましいと考えたことは1度もなかった。しかし、そう認識すること自体がシャーデンフロイデ（他人の成功を妬み、失敗を喜ぶこと）の一種であるように思えてきたのだった。それほどに、後味の悪い再会だった。

CPCに遅れそうになった早苗が医局会議室に小走りに向かっていると、後ろから声がかかった。

「黒木先生、廊下は走っちゃダメだよ」

驚いて振り返ると検査技師の榎木が笑顔で手を振っていた。

「今夜みんなで飲みに行くんだけど、黒木先生も来ませんか」

「あぁ、そうだ、マウス捕まえたお礼にって言ってたんだよね。それじゃ、今夜は私のおごりで行こう。今はCPCに遅刻しそうだから、また後で」

CPCでは早苗よりも病理医歴の長い医師が腎臓癌の症例のプレゼンテーションをしていた。癌の転移を説明する段になると、膵臓の組織像が強拡大でスクリーンに映し出された。

「このように膵体尾部に転移巣が散見されます」

先輩病理医がポインターで指しながらそう言った瞬間、早苗は反射的に大声で反論した。

「それは誰が見ても正常なランゲルハンス島です。腎癌の転移じゃありません」

会場が一瞬どよめいて失笑が漏れた。席の大半を占める若い臨床医たちが小声で囁き合った。

「病理が病理をこき下ろすなんて珍しい」

「面白いことになってきた」

司会を担当していた倉本部長がマイクを持つと、わざとらしく咳ばらいをして言った。

「これはどうも、黒木先生ご指摘の通りのようですな。では、この点はレポートを訂正していただくことにして、先に進めてください」

CPC終了後に会議室を出ようとしている早苗を渋面の倉本が呼び止めて言った。

「大勢の前で先輩に恥をかかせるようなパフォーマンスはほどほどにしてくれないかな。間違いを見つけたら、後で本人に言ってレポートを直してもらえばいいでしょう」

「はい」

そうは言っても早苗は不満だった。初歩的なミスはその場で正されるべきだからだ。早苗自身も大学院1年目には、初めて顕微鏡で見た副腎髄質を悪性腫瘍と間違えて加藤と立石に笑われたものだった。しかし、倉本の言葉はここが大学院研究室ではないことを明確に示していた。早苗が自由奔放に発言できる時代は終わったのだ。

その後、早苗は病院ロビーにあるATMに向かった。病理専門の検査技師だけでも4人、検査部所属の技師も誘うと10人近くになるかもしれない……『2次会まで付き合うとして板橋界隈ではいくらあれば足りるだろうか？』早苗はとりあえず5万円を引き出して研究室に戻った。

夕方6時、若い女性の検査技師が現れた。早苗の姿を見つけると開けっ放しのドアのところから可愛い声で呼んだ。

「黒木せんせっ、行こっ」

先ほどから帰る準備をしていた早苗はすぐに立ち上がってインジケーターを「帰宅」にした。女性と一緒に小走りに玄関に向かいながら、早苗は自分の心が学生の頃のようにウキウキするのを感じていた。待っていた6人と合流してがやがやと話しながら商店街の居酒屋に向かった。

この明るく賑やかなグループのメンバーは検査のベテラン3人の男性と中堅2人の女性、若手は早苗を迎えに来てくれた女性と榎木の2人だった。彼らは早苗を昔からの友人のように迎え入れ、時事問題やアニメの話題で大いに盛り上がった。一方で早苗が自分から発言しない限り、プライベートな質問は一切しない優しさがあった。

　ベテラン技師の1人が早苗に言った。

「うちらの中にはその辺の医者より心電図読めたりCT読像できたり病理組織をわかる人間がいます。だから、ダメ医者はすぐわかる。でも、うちらの方からドクターに『先生違います』とは言いません」

「なぜですか？」

　早苗の素朴な疑問に中堅の女性が答えた。

「それがルールだからですよ、医師が1番偉いという」

　検査技師たちは倉本部長の腹の中を読んでいると感じた早苗は2杯目の中ジョッキを受け取りながら言った。

「でも、チームとしてやっていくなら医師も検査技師も看護婦も薬剤師も、みんなその道のプロとして対等であるべきだと私は思います」

　若手の2人が早苗の言葉に反応して大きく頷いた。

　最初に発言したベテランが微笑んで言った。

「うちらは『門前の小僧』ですが専門分野の経験は積んでいます。よく理解していないくせに的外れの検査をオーダーする医者には、オーダーに対するデータのみを渡します。その医者が正しく診断できるかどうかはなるべく考えないようにしているんですよ」

　この長年勤めた検査技師のシニカルな姿勢には、幾度となく誇りを傷つけられてきた記憶が投影されているようだった。早苗は思わず背筋を伸ばして宣言した。

「私、頑張ります」

　そこで一同は大笑いした。早苗はこの飲み会を心から楽しんで居心地の良さを感じていた。それは検査技師たちが自然体で早苗を仲間と思って接してくれているからだった。


　2時間ほどが過ぎて早苗が会計をしようと立ち上がった時、先ほどのベテランが早苗に座るよう促して言った。

「職場を離れたら皆平等です。一社会人としては、初めて参加してくれた女性におごらせるわけにはいきません。黒木先生のお気持ちだけ頂戴して、ここは年長者である私に任せていただきたい」

「でも、榎木くんに約束したので……」

　早苗は戸惑ってしまった。医師である早苗の給料は彼らよりかなり多いことを皆知っているので、自分が支払わなければいけないと思っていたからだった。すると榎木が笑いながら言った。

「マウスの捕り物は面白かったし、そんなに律義に考えないでいいですよ。それより、みんな、黒木先生だから呼んだんです。この意味わかりますか？　気にくわない奴は呼ばないいんです」

その言葉は、知らず知らずのうちに柔軟性を失っていた心を温める魔法のように沁みた。それほどに自分が孤独だったことに気付いた早苗はふっと滲んだ涙を周囲に気付かれないように人差指でぬぐった。

ベルリンの壁崩壊（１９８９年、平成元年）のニュースが世界を駆け巡った頃、研究所で働き始めてから数年が経っていた早苗は病院の医師たちからも認められるようになっていた。中でも呼吸器科からは剖検依頼が頻繁に出されるので話す機会が多く、気の合う仲間のような関係だった。症例に関するディスカッションを重ねるうちに、早苗と同世代の呼吸器科医師である牧野朋子《まきのともこ》は早苗にとって大切な友人になっていた。

朋子には他院で働く医師の夫と小学1年生と2歳の子どもがいた。両親と暮らす未婚の早苗とは全く異なる環境に生きる朋子だが、時々仕事帰りにビール1杯分の貴重な気分転換の時間を早苗と共有するのを好んだ。

枝豆を手に取って、朋子が呟いた。

「ダンナはそれなりに協力してくれるけど、家事や子育てについてまったく平等というわけにはいかない。一見家庭らしい形態を保つのはとにかく大変なのよ。夫婦は子どもたちにしわ寄せがいかないように努力するのが精いっぱいね」

早苗は頷いて、煙草に火を点けながら言った。

「上の子が小学生になれば急に熱出たりとかも減るだろうし、保育園探しの頃よりはマシなんでしょ？」

朋子は呼吸器の専門家だったが早苗が煙草を吸うことを咎めなかった。喫煙が心理的解放になるならば多少のことには目をつぶる朋子の寛大さに早苗は救われ甘えていた。

「小学生になったらなったで学童保育や学習塾のこととか……頭痛いよ。あーぁ、近くでいいからいつかゆっくり温泉施設とか行きたいなぁ、でも、最近流行りのレジオネラ菌に感染して肺炎とかはゴメンだけどね」

朋子はそうぼやいて遠い視線になった。早苗は再び頷いて同意を示していたが、急に思い出したように煙草を消して言った。

「そうだ、肺炎と言えば、聞きたいことがあるんだけど……統計的な3大死因は悪性新生物、心疾患、脳血管疾患でしょ。そして4位の肺炎は、80代では3位、90代では

2位に上がってる。だから高齢者は肺炎のリスクが高いって解釈になってるけど、言い換えれば90年以上生きる人は癌とかの3大死因のリスクを乗り越えたスーパー集団だと考えることもできるよね。3大死因で死ぬ人の多くは90歳までに自然淘汰されているから」

するとと朋子はニヤリとして応えた。

「その通りだと思う。80代までのグループと90歳以上のグループのデータを連続的に見るのは少し無理があるよね。対象が『普通の高齢者』から『スーパー高齢者』に替わっているのだから。臨床の現場にいて患者さんと接していると漠然と感じるんだけどね、たぶん80代後半辺りに統計には現れない余命の分水嶺みたいなものがあるのかなぁ」

時計に目をやると午後7時だった。朋子は財布を出しながら言った。

「もう行かなきゃ、そっちは研究室に戻るの？」

「うん。部長に頼まれた中国人留学生の論文を面倒みなくちゃならないんで……」

早苗が立ち上がりながらそう答えると、朋子は自分の分の勘定を置いて足早に駅に向かった。

『余命の分水嶺か……、なるほどね』

朋子の後ろ姿を見送りながら早苗は思った。臨床医として最前線で働く朋子の言葉には説得力があった。

内科からの剖検依頼を受けて早苗が解剖室に下りると、そこには坪井が立ってい
た。早苗は更衣室に入る前に坪井のネームプレートをチラッと見て言った。
「正式に内科の勤務医になったんですね。また坪井先生と一緒に仕事できるのは嬉し
いな」
坪井は照れを隠すように一礼して答えた。
「ありがとうございます。では早速患者さんの説明をさせていただきます、と申し上
げたいところなんですが……」
「どうかしたの？」
早苗が更衣室から先を促すと、坪井が話し始めた。
「89歳、男性です。7年前に脳梗塞を発症したのをきっかけに四肢の機能が衰えて、
在宅で寝たきりの生活でした。3週間ほど前から食事量が減って意識状態が低下して
いました。そして昨日の朝、心肺停止の状態で家族に発見され、救急で運び込まれて
私が担当しました」
「なるほど、坪井先生は患者さんの最後の1日しかご存じないのですね」

着替え終わった早苗がそう言うと、坪井は頷いて続けた。

「生前、ご本人は一切の延命治療を希望しない旨の意思表示をされていたそうですが、いざとなるとご家族が動転されて救急車を呼んだそうです。当院での診療履歴があったので、救急隊員の機転でこちらに搬送されました。老衰として死亡診断書を出すことは可能なんですが、私は死亡確認しただけなんで……」

「担当医としては経過を知らないと躊躇されるでしょうが、特に問題がなさそうなら剖検の必要はありませんよ」

早苗は家族の気持ちを慮ってそう言ったのだが、坪井は困ったような表情を浮かべて答えた。

「私もそう説明したのですが、実はご家族が剖検を希望されているんです」

「へぇ、そんなこともあるんですかね」

「看護婦をされている娘さんを中心に家族みんなが協力し合ってお父さんの面倒を見ていたそうです。それなのに、誰も見ていない僅かな時間に逝ってしまった理由が知りたいとおっしゃっています」

早苗は患者の娘の気持ちがわかるような気がした。患者の年齢から推測すると、娘の年齢は40～50代と思われた。おそらく経験豊富な看護婦で、竹を割ったような性格の持ち主なのだろうと早苗は思った。

早苗は背筋を伸ばして大きく息を吸い込んでから言った。

「そうですか。確かに、剖検では『老衰』という病理診断はあり得ません。ご家族が納得できる死因を見つけましょう。では、始めます」

解剖台の上にはやせ細った老人が横たわっていた。外表所見を取りながら、その端正な顔立ちに思わず見入ってしまった早苗は坪井に向かって言った。

「これは驚きだわ」

「えっ、何がですか？」

坪井が慌てて訊ねると早苗は微笑んで言った。

「7年間も在宅で寝たきりだったとは思えません。昨日運び込まれた時に気づきませんでしたか？」

「………」

「普通の布団にただ寝かせていたら数日で褥瘡《じょくそう》（床ずれ）ができます。ところがこの患者さんの仙骨部や踝《くるぶし》はもちろんのこと、何処にも褥瘡は見られません。誰かが数時間おきに体位を変えていたはずです。なかなかできることではないですよ、7年も続けるなんて。私たちはこのご家族に敬意を表すべきですね」

早苗の説明を受けて坪井が言った。

「そうか、ご家族には全力で介護してきたプライドがあるということですね」

　早苗は頷いて続けた。

「坪井先生だって、もし体調を崩して何日か寝込んで髭剃りしなかったら無精髭になるでしょ。ところが寝たきりだったこの患者さんの髭はきれいに剃って眉毛も整えられてる。ほら、手の爪は切り揃えられて伸びてない。お年寄りの爪は裏側に柔らかい皮膚が張り付いていて普通に切ろうとすると皮膚を傷つけるから爪切りが難しいんです。それから、もっと切りにくい足の爪もちゃんと切ってある。介護の経験のない人にはピンとこないかもしれませんが、お年寄りのご遺体を毎日のように見ている私にはわかります。ご家族がここまで面倒を見続けるには想像を絶する体力と精神力が必要だったはずです」


　解剖の結果、主要臓器には死因となるような病変は見つからなかった。坪井は少し不安になって、食道と気管の分離作業をしている早苗に言った。

「直接死因は？」

　早苗は食道を剝離して現れた気管の膜様部に鋏を入れつつ答えた。

「病理ファイナルレポートの主診断は陳旧性脳梗塞になりますが、この古い梗塞は死因ではありません。直接死因は……」

手にしていた鋏を置いた早苗は甲状軟骨を両手の力を込めてバリッと広げた。そして、やっと見えるようになった喉頭の内側を確認してから続けて言った。

「喀痰による窒息と思われます」

坪井が覗き込むと、喉頭の声門部付近にやや粘調な痰が5ミリリットルほどまとわりついていた。坪井が早苗に疑問を投げかけた。

「こんな少しの痰で窒息しますか？」

「健常人だったら吐き出すことは可能ですが、体力が衰えて意識が混濁している場合は少量の喀痰でも吸引しなければ窒息することがあります。先ほどのお話では、ご本人が種々の延命処置を望まなかったそうですから、バキューム（吸引器）も使ってなかったのだと思いますよ。意識レベルが下がっている状態のまま呼吸が止まったのでしょう」

坪井は同意を示すように頷いて言った。

「真の自然死、臨床的にはこれこそ『老衰』と呼ぶべき最期ですね」

早苗は少し微笑んで答えた。

「ただの老衰ではなくて『極上の老衰』です。ご家族にそうお伝えください」

数日後、臨床経過のレポートを持った坪井が早苗の研究室を訪れた。

「黒木先生のおっしゃっていたことを伝えたら、ご家族がとても喜んでいました。看護婦をしている娘さんが『私たち家族が頑張ったことを剖検医の先生にわかってもらえて嬉しい』と言って涙ぐんでいました。実際ご家族の意見は必ずしも一致していたわけではなくて、娘さんが孤立することが多かったようです。だから先生の言葉がすごく沁みたんだと思います」

早苗はレポートを受け取りながら言った。

「1人でも理解者がいると信じられれば人間は頑張ることができる。この娘さんの1番の理解者はおそらくお父さん本人だった。お父さんは自然に任せて死にたいという望みを娘さんに託したのでしょう」

早苗は坪井に向かってそう言いながら思った。

『この娘さんは実に立派だ。いつか親の介護に向き合う時がきたら、私に同じことができるだろうか……』

惑　い

早苗は日頃から他の人よりも早めに研究室に入るようにしていた。始業前の静かな時間は文献を読んだり積み残しの仕事を片付けるために大切にしていた。

1995年（平成7年）春のことだった。その朝も早苗は8時前から培養室にいた。早苗が培養中の細胞の増殖状態を顕微鏡で観察しているところに、研究員の佐川《さがわ》がやって来て遠心機にチューブをセットしながら言った。

「今しがた、うちのかみさんから電話があって、都内の地下鉄で大変なことが起こっているらしいよ。複数の路線で電車内に毒が撒かれたとかで、負傷者がたくさん出てるらしい。とんでもないテロだ」

佐川は早苗より年上の理学系出身者で主に動物実験や細胞培養の仕事をしており、就職当初実験に不慣れだった早苗に基本を教えた人物だった。

早苗は接眼レンズから目を離さずに言った。

「今年は阪神淡路大震災で始まって、次は地下鉄テロですか……。日本はどうなっちゃうのかしら。そして、私にとってはこの細胞たちがグッドな単クローン抗体を作ってくれるかすっごく不安。もう何年こんなことやってんのか……。今度もダメだったらアプローチを考え直すべきよ。第一、不溶性たんぱくを抗原に使うこと自体が根本的に間違いだと思う」

「気の毒だけど、黒木さんは今日も細胞の面倒を見られそうにないよ。病院をぬけてこっちにくる時に、病理の黒板に剖検依頼が書いてあったから、間もなく呼ばれるぜ」

細胞が入っている蓋つきプレートをインキュベーター（孵卵器）に戻す早苗に佐川はそう言った。早苗は二重扉を閉めて言った。

「昨日できなかったから、今日こそ先に培地交換しようと思ってたのになぁ」

「培地交換ならやってやるよ。今戻したプレートのグループでしょ？」

佐川の申し出に早苗は小躍りして答えた。

「うん。96穴プレートが60枚と24穴が5枚。ありがとう。佐川さん愛してる！」

佐川は鼻で笑って言った。

「そういう気持ち悪い発言は禁止だ」

「わかった。それじゃお礼は佐川さんの子どもたちに文房具ね」

早苗がそう言った時、剖検依頼を知らせる内線電話が鳴った。

　解剖室のドアを開けると、まとわりつくような違和感のある空気に包まれた。早苗はいつもと違う何かを感じて足を止めた。それは、この10年間ほとんど忘れていた感覚だったが、思い出すのにそう時間はかからなかった。解剖台に横たわる人物が一途に何かを伝えようとしていることを早苗は肌で感じたのだ。

　後ろからやってきた担当医が閉まりかけたドアを押さえて、早苗に続いて中に入ると言った。

「循環器内科の中塚《なかつか》です。患者は85歳、女性。洞不全症候群による徐脈性不整脈で昨年1度入院した既往があります」

　衝立の向こう側で着替えながら早苗が訊ねた。

「洞不全症候群の原因は高血圧治療薬とかのお薬ですか？」

「その時点ではわかりませんでしたので、加齢によるものと考えました」

　早苗は質問をさらに重ねた。

「ペースメーカー埋め込みはされたんですか？」

「いいえ、そのまま経過観察です」

　着替え終えて中塚の前に立った早苗は長身の中塚を見上げるようにして解せない表

情で改めて質問した。

「それじゃぁ、何故亡くなったの？　今日、死亡する前のエピソードは？」

それまではてきぱきと答えていた中塚がやや口ごもって答えた。

「それなんですが……、同居している息子夫婦の話では、おととい自宅の階段を踏み外して転落したということで、意識のない状態で本院に運び込まれたんです。クモ膜下出血の疑いで検査したところ、右視床出血が脳室内穿破を起こしてクモ膜下に及んでいました。それが死因と考えています」

「脳内出血の原因は？　階段から落ちたことと関係あるの？」

「わかりません」

「そうでしたか。この20年間にＣＴの精度は劇的に向上したけど、大出血後の画像から出血の誘因まで読み解くのは無理ですよね。中塚先生は若いからピンとこないでしょうけど、英国ＥＭＩ社ではビートルズの莫大な売上のおかげでＣＴスキャナーの開発ができたという逸話があるんですって……」

解剖台の近くに移動しながら取るに足らない雑学を披露していた早苗が突然話を止めた。視線の先には苦しそうに歪んだ老婆の顔があった。吊り上がった両目は薄く開かれて白目がでて、力みがにじむ口元からは荒い息遣いが聞こえてきそうだった。早苗は中塚に訊いた。

「運び込まれてから意識は1度も回復しなかったんですか？」

「はい」

「ずっとこの苦悶の表情だったのかしら」

早苗の疑問を受けて中塚が言いにくそうに答えた。

「えーと、表情まではよく覚えていません。それから、こんなことを言うと変に思われるかもしれませんが……死亡確認した時よりも今の方が苦しそうに見えます」

早苗は遺体の瞳孔測定と結膜確認をして瞼をそっと閉じてやった。その時、早苗の意識が一瞬揺らいで、『痛い！』という言葉が脳裏に大きく浮かんだ。その言葉に導かれるように遺体の脚部に目をやると、両脚のひざ下5センチメートルの辺りに酷い打撲痕があった。皮膚の一部には出血があったことを示唆する黒い痂皮形成が見られた。早苗は傷の位置と大きさをメジャーで測りながら訊ねた。

「この傷は？」

「ご家族の説明では階段から落ちた時の傷とのことでした」

漢数字「一」の文字をかたどったような横一本の打撲痕を指さして早苗が言った。

「どんな落ち方をすればこんな傷になると思う？」

「……………」

「それに、この傷はおとといよりもう少し古いものにみえる……」

そこまで言って思い当たったように、早苗は慌てて遺体の頭部を丁寧に調べ始めた。続けて身体全体の皮膚をかがみ込むようにして確認した。それから早苗は顔を上げて言った。

「頭部に傷は見当たらない、従って頭蓋内の出血は外傷性ではない。つまり病死である可能性が高いのですが、両脚の脛の傷はあまりにも不自然です。なんだか矛盾してますね」

すると中塚が適切な言葉を探すようにして話し出した。

「実は最初からちょっと変だなという感じが……。一般的にお年寄りは自己防衛反射が遅くなっていますから、もし階段から落ちたら、頭や顔を打ちつけたり腕や背中や股関節を痛めるのが普通だと思うんです。しかし、この患者の傷は当てはまらない」

早苗は頷いて言った。

「まったく同感です。ご家族が階段から落ちたと説明したのは脛の打撲の本当の理由を言いたくなかったからというのが合理的な説明になりますね」

「本当の理由って？」

「おそらく虐待」

「そうか……、変だとは感じたけどそこまでは思い至りませんでした」

かつて大学院生の時、関連病院で扼殺だったかもしれない症例の剖検をした苦い経験が早苗の胸に蘇った。担当医に責任論を振りかざされて怖気づいた自分を思い出すのも嫌だった。そして、10年の歳月が流れた現在も何が正しかったのか答えは見つからないままだった。

早苗はあの時の二の舞になりたくないと内心祈るような気持ちで中塚に訊いた。

「腟の傷には目をつぶって病理解剖しますか、それとも通報しますか」

中塚は押し黙ったまま目を閉じた。そして、数秒後に口を開いた時の言葉は吹っ切れたように明快だった。

「通報しましょう」

早苗は中塚の言葉に勇気づけられる思いだったが、念を押すように言った。

「今の段階で警察に通報しても誰の得にもなりませんが、それでもいいんですね」

中塚は笑みを浮かべて答えた。

「虐待を疑ったからには、たとえ死因とは直接関係なくても通報するのが患者の人権を守ることであり我々の義務だと思います。患者が亡くなった後でもそれは同じです」

そして、改めて遺体の顔を見つめて一言ポツリと呟いた。

「可哀そうに……」

長く剖検医を務めてきた早苗は心底驚くと同時に鳥肌が立った。理由は、亡くなった患者に臨床の担当医がそのような言葉をかけるのを初めて耳にしたからだった。医師は患者の前で情緒的な発言をしないのが常識である。従って、患者に「可哀そう」という感情を抱いた上それを口に出すのは通常あり得ないことなのだ。それは、1人の若い医師が真に心から患者に寄り添った瞬間に外ならなかった。

「あれっ」

中塚が声を上げたので、早苗も遺体の顔を見た。そこには先ほどまでとはまるで別人のように穏やかな死顔があった。

「中塚先生の優しい気持ちが届いたんですよ、きっと」

そう言って、早苗は遺体の額を撫でて心に念じた。

『よく頑張りましたね、ちゃんと伝わりましたよ、安心してください』

板橋警察に電話をしてから10分ほどで、鑑識係の青いユニフォームを着た3人の男が解剖室に現れた。早苗と中塚がリーダー格の検視官に状況説明をしている間、キャップを後ろ前に被った1人が写真を撮りながら仲間のもう1人にブツブツ言っていた。

「解剖室に臨場とはレアケースだな。仏さんが我々の到着より先に解剖台に寝てるとは驚きだ……」

　早苗はリーダー格の検視官に訊ねた。

「ご家族は脛の打撲痕を階段から落ちた時の傷と説明していますが、我々は虐待があったのではないかと考えました。傷は棒状のもので叩かれたか後ろから押されるかどうかして脛を強くぶつけたように見えます。でも、検視官から見て、これは階段から落ちた時の傷として矛盾がないとおっしゃるなら、こちらで病理解剖します。検視官がお持ちの知識と経験に照らしての判断を教えてください」

　検視官は即答を避け、淡々と外表所見を取った。早苗と中塚は傍らで辛抱強く待った。一連の手順を済ませた検視官は暫く考え込んだ後に口を開いた。

「この場で判断するのは難しいケースです。傷の形状からは事件性がないとは言い切れません。念のためこちらで遺体を引き取らせてもらおうと思いますが、よろしいでしょうか」

「監察医務院に運ぶのですか？」

　早苗の質問に頷いた検視官は苦笑いを浮かべて答えた。

「あちらは年間２０００例を超える解剖で常時手一杯なので、いつも文句を言われるんですけどね」

翌日、早苗は倉本部長に呼び出された。部長室に入った早苗がドアを閉めるのを待っていられないくらい倉本は苛立っていた。

「前にも言いましたが、パフォーマンスはいい加減にしなさい。刑事ドラマの主人公にでもなったつもりか？　ご遺族はカンカンですよ、訴えられでもしたらどうしてくれるんだ。病院長と私とで頭を下げて今のところは収まりましたがね、こんなことは二度と起こさないでくれ」

「はい、わかりました」

早苗はそう言っただけで謝ることはせずに部屋を出た。倉本が怒っているのは部下の起こした問題で自分が頭を下げることになったからであり、この件の本質とは関係のないことだ。早苗が謝罪しなかったのは、警察に通報した理由を倉本が聞こうともしなかったことに失望したからである。

数日後、早苗が病院の廊下を歩いていると、向こうから中塚がやってきた。中塚は笑いながら早苗に言葉をかけてきた。

「病院長に呼ばれて大目玉をくらいましたよ」

「私も倉本部長に叱られました。『刑事ドラマのつもりか！』ってね」

早苗がそう応えると中塚は真顔になって言った。

「今日、警察が自宅階段の現場検証に入るそうですよ。我々と同じ判断をした人間が監察医務院にもいたようです。他殺ではないので立件は難しいでしょうが、せめて脳出血の背景にあった出来事があぶり出せるといいですね」

早苗は深く頷いて言った。

「そうですね。これで、この件は私たちの手を完全に離れました。通報を決断してくれた中塚先生に敬意を表します。ありがとう」

早苗が一礼すると、中塚は少し戸惑ったように礼を返して歩き去った。中塚への謝意を口にした早苗の心には、不自然死の通報ができなかった過去の自分を乗り越えた達成感があった。

40代になった早苗は、駅前のキャッチセールスに「奥さん」と呼び止められても「奥さんじゃありません」と、いちいち訂正しなくなった。相手は「おばさん」に見えるから「奥さん」と呼んだだけであって、既婚か未婚かは問題ではないのだ。自分の意思で結婚しない人間としては未婚すなわち「結婚できない」と言われることには抵抗があるものの、敢えて否定する必要もないと思う年齢になっていた。

研究面ではT細胞機能の加齢変化に関する落穂ひろい的な仕事をまとめて学会発表

やインパクトファクターの低い医学誌にコツコツといくつかの論文を発表していたが、世界の科学を牽引するレベルの研究からは遠く引き離されていた。

ある日、早苗は凍結細胞保存のための液体窒素を運んでいた。良好な条件下で凍結された細胞は液体窒素の中に浸けて置けば長い年月眠り続ける。しかし、蒸発しやすい液体窒素の量を一定に保つためには、常に液量をチェックして不足分を追加しなければならない。夏場にはそのサイクルが短くなるので、うっかり忘れるミスは細胞の全滅という危険に直結していた。

細胞保存タンクに液体窒素を流し込むために運搬用タンクを持ち上げる荒業は佐川の役目だった。佐川に運搬用タンクを渡した早苗が言った。

「細胞のチューブがホルダーから外れてタンクの底に落ちちゃったら回収不可能だし、液体窒素の中でチューブの蓋が緩んだらコンタミ（混入や汚染）するかもしれない。実験で作った細胞を保存するだけでもこんなに気を遣うのだから、人の精子や卵子や受精卵の保存を請け負う病院や業者は責任重大だね。もし自分の大切な卵子だったら保管を依頼なんてできない。信用できないもん」

「業者に細胞保存を頼むとめちゃくちゃ経費が掛かるのはそういうリスクを回避するためさ。だから貧乏ラボの俺らはこうやって自分たちで液体窒素を足している。トップクラスの研究室の年間研究費は億の単位だっていうのに、ここは６００万円だ。実験に使う抗体や試薬は０・２ミリリットル入りで１本10万円以上するっていうのにさ、笑っちゃうよな」

注ぎながらそう答えた佐川の手元からこぼれ出た少量の液体窒素がタンクの外側を滑り下りて床にビー玉を転がしたように広がって消えた。凍結細胞のリストに日付を記入しようとした早苗が目の焦点を合わせるのに数秒を費やしているのに気付いた佐川が言った。

「今、紙を見るのに目から離しただろ」

「視力は自信あったんだけど、この頃細かい字が滲んでよく見えないことがあって、目が疲れてるのかな」

早苗がそう呟くと佐川が笑いながら言った。

「いや、いや、いや、そうゆうのを老眼って言うんだ」

「えー、やだっ！　そんなこと全然考えてなかった」

これといって目立つ研究成果の挙がらない閉塞感の中で、早苗はもう若くはないことを素直に受け入れる心境になっていた。

その年の夏、鶴見が部長室に早苗を呼んで言った。

「私は大学の教授になることになった。東京を離れるのは残念だが行くことにした」

かつて「教授なんて馬鹿ばかりだ」と言い放っていた鶴見に向かって、早苗は空虚に「おめでとうございます」と言った。しかし、鶴見の次の言葉には衝撃を受けた。

「次の部長が来る前にこの研究室を空にする。私としてはきれいな引き渡し方にしたいと思っている。前任者の部下が残っていたら新しい部長は仕事がやりにくいからな。黒木君のことは倉本部長に頼んで、都立病院の病理科の席を用意してもらった」

鶴見は本当に早苗のことを気に掛けてくれたのかもしれないが、そうは見えなかった。それどころか早苗は厄介者の扱いを受けていると感じた。

確かに、科学者としてはパッとしない40代の独身女性が居座っていたら、後任の部長はやりにくいに違いない。それがわかっていても、早苗は都立病院の話を断った。

早苗の返事を聞いた鶴見は憮然として言った。

「佐川君は私が連れて行くからな」

佐川は10年以上に亘って鶴見の手足のごとく働いてきた人間なのだから、それは当然のことと思われた。そして、佐川がいなくなることは、早苗の孤立を意味していた。

『来年、次の部長が来てから身の振り方を考えればいいさ』

早苗には刹那的に流される道しか残されていないことは承知の上だった。

鶴見が去ってからは総括のための平穏な時間が流れた。早苗は病院病理の業務を続けながら臨床医と協力していくつかの症例報告を発表した。研究については、新たな実験計画は組まずにこれまでのデータを整理して使えそうなものをできる範囲で論文にまとめることに専念した。

剖検例の顕微鏡標本を運んできた榎木が早苗のパソコン画面をチラリと見て呟いた。

「黒木先生はこの頃論文ばっか書いて、なんか暗いですよ。昔はもっと生き生きして楽しそうだったのに」

「自分で言うのもなんだけど、歳をとった。先週は飲み会に誘ってくれたのに行かなくてごめん、新しい部長が来る前に今までの仕事をできるだけ形にしておかないとね。私がまとめなかったら、これらのデータは世に出ないで終わってしまうでしょ」

するとと榎木が驚いた表情を見せて言った。

「えっ、黒木先生は認定医の実力があるのに、部長が替わったらクビになっちゃうの？」

早苗は笑って答えた。

「クビにはならないよ。でも、残念ながら私の代わりはいくらでもいるから……」

その時電話が鳴ったので榎木は手を振って研究室を出て行った。

電話は圭子からだった。10年ほど前に圭子の夫への剖検例脳サンプル供与を早苗が断った時以来の電話だった。早苗は当時の苦い思い出には触れずに言った。

「どう、元気？　あっ、そうだ、ご主人の大村先生、教授就任おめでとう。お子さんも大きくなったでしょ、いくつになった？」

「もう5年生。おかげさまで元気よ。ところで、今、この電話で少し話せる？」

かすれ気味の圭子の声に何某《なにがし》かの胸騒ぎがした早苗は了解の返事をして話の先を促した。

「私ね、3年前に2番目の子を流産して、その後不正出血が続いて、念のため婦人科に行ったら、絨毛癌（胎盤を構成する絨毛から発生する悪性腫瘍）だってことになって……子宮・卵巣除去のオペを受けたの」

「全然知らなかった、大変だったんだね。お見舞いに行かなくてゴメン。それで術後の経過は？」

圭子は何の心配もない優雅な生活をしているものと思い込んでいたことに幾ばくかの後ろめたさを感じながら早苗はそう尋ねた。

「ホルモンのコントロールには苦しんだけど大丈夫よ。ただ、摘出された手術材料の病理診断を教えてもらえないの。主人に頼んでも『問題なかった』って、はっきりしない返事で……」

「えーっ、ホントに？　一般論でいくと、患部の病変が術前診断より相当悪かったりインオペで摘出せずに閉じて余命宣告に至るようなケースでは本人に病理診断を伝えない場合がある。だけど圭子は医者だから当てはまらないよね……よしっ、私が大学の病理に問い合わせて病理診断書を取り寄せてみるから少しの間待ってて」

　早苗は手術が行われた日付を圭子から聞いて電話を切った。しかし、受話器から手を離さないうちに早苗の頭に一つの疑問が浮かんだ。

『圭子の夫である大村教授が問い合わせても病理診断書は手に入るはずだ。それを1年以上も放置されたら誰だって何かおかしいと感じる。圭子は不安なのだろう。しかし、圭子は私に何を求めているのだろうか』

　それを考えるのは後回しにすることにして、早苗は再び受話器を取った。電話の相手は早苗の大学院時代からの友人である三雲麻里子《みくもまりこ》だ。現在、大学の検査部で技師長を務めている麻里子の声は弾んでいた。

「久しぶりーっ！　どうした？　突然電話してきて」

「ちょっとお願いがあってね、昔の手術材料の病理診断を調べて欲しいんだけど」

　挨拶もそこそこに本題に入る早苗に合わせるように、麻里子はテンポよく言葉を返してきた。

「いいよ、お安い御用だけど、ホントはダメなんだからね。個人情報の扱いにはくれぐれも気をつけてよ。それで患者名と手術日は？」

「名前は大村圭子、臨床診断は絨毛癌で平成7年の10月に子宮・卵巣摘出手術を受けてる。手術材料は生検材料より時間がかかることを考慮しても、たぶんその年のうちには病理診断が出てると思う」

「了解、わかったら電話するね」

「ありがとう、よろしく」


1時間ほどして麻里子から電話がかかってきた。

「なんか変だよ」

「えっ、変って、何が？」

早苗は反射的に麻里子にそう訊き返した。

しかし、麻里子の返事は早苗の予想を超える意外なものだった。

「確かに大村圭子さんの名前は病理の受付台帳にあったよ。でも、病理診断の欄は何も書かれてなかった」

「どうして？」

早苗がそう呟くと、麻里子は話を続けた。

「あの頃は院内オンライン化の最中で混乱していたから、打ち込み忘れもありうると思って紙の台帳も調べてみたけど、そっちも病理診断は空欄だった」

「それって、病理診断が出ていないっていうこと？　今年は平成9年だから、まる1年以上も経っているのに？」

「そう、だから変、それにまだ続きがあるの。こうなったらプレパラート（顕微鏡標本）を確かめてやろうと思って標本箱を探したけど、大村圭子さんの番号のところだけ標本がないのよ」

早苗は頭がしびれるような不快感に襲われた。何者かが病理診断を空欄にして顕微鏡標本を持ち去ったのだとすると、それは病理関係者でしかありえない。早苗は慌てて訊いた。

「病理の担当医師は誰？」

「それも空欄、ミステリーだわ」

麻里子の返事を聞いた早苗は恐る恐る最悪の可能性に言及した。

「もしかして、インオペで閉じた？　病理にはその時の組織片だけが出されたとかあり得る？」

するとと麻里子は即答した。

「それはない」

「どうして断言できるの？」

「実は私も気になってね、さっき、倉庫に潜り込んでパラフィンブロックを見つけてきたからよ。大村圭子さんのパラフィンブロックは20個存在していて、どれもプレパラート用に薄切《はくせつ》された痕跡がある。だから子宮と卵巣は確かに手術で摘出された。この件を隠したい誰かはパラフィンブロックまで探されるとは考えなかったみたいだけど」

早苗は思わず上気したような声を上げた。

「マリさん、凄い！　ありがとう！」

麻里子は急に小声になって言った。

「誰が関わっているかわからないから、他の人には気付かれないようにしないとね。これらのパラフィンブロックから新しくプレパラートを作って届けてあげる。4〜5日待ってて」

麻里子は3日後には早苗の研究室に現れた。

「意外と早かったね、ずいぶん急いでくれたんだ。ホントにありがとう」

早苗のお礼に対して頷いた麻里子は浮かない顔でプレパラートの入った箱を手渡しながら言った。

「とにかく何も言わずに20枚全部見てちょうだい。話はそれからよ」

プレパラートを1枚ずつ顕微鏡のステージに置いて、早苗は慎重に鏡検を始めた。子宮の標本から卵巣の標本に移る時には、再び子宮の標本に戻って何度も見直した。残すところあと数枚になった時、プレパラートを顕微鏡にセットする早苗の指先は小刻みに震え出していた。そして、とうとう最後の1枚を箱に戻した早苗は「これは……」と言ったきり絶句した。

麻里子がため息交じりに言った。

「開けちゃったかもね、パンドラの箱」

早苗はあり得ない展開に戸惑っていた。心の中に怒りと悲しみと掴みどころのない恐怖が生まれていた。何故なら、20枚のプレパラートの何処にも癌はなかったのである。

麻里子は1枚のコピーを取り出して、ある箇所を指さしながら言った。

「臨床が病理に提出する病理検査依頼書もなくなっていたんだけど、婦人科に控が残っていたからコピーさせてもらったの……ほら見て、ここ、『画像解析では異常なし』の次の行、診断の根拠として挙げられているのがhCG（絨毛性ゴナドトロピン）高値だけなんだよね。それも通常の100倍」

早苗は驚いて麻里子の指先を目で追った。一般に妊娠すると通常の数千倍に上がる

hCG値は、絨毛癌を発症するとそれ以上に跳ね上がると言われているのだ。つまりhCG値が100倍程度では診断根拠としては弱いのである。値が少し高いというだけで本当に子宮と卵巣を摘出してしまったのだろうか。早苗は呟いた。

「圭子はこのことを知っていたのかしら……」

麻里子は腕組みをして暫く宙を見つめてから答えた。

「手術例を増やしたい医者に言いくるめられたのかもね、今のうちに取ってしまえば心配ないとかって。子どもは既に1人いるし、もう40代だし安心できる方を選びましょうとかなんとかさ……」

早苗は上の空で頷いた。頭の中では真相追及の手段を模索し始めていたのだった。

数日後、早苗は大学の立石を訪ねた。立石は病理学教室の助教授になっていた。部屋に入った早苗に椅子を勧めながら立石が言った。

「元気だったたか？　部長の鶴見さんが黒木君を置いて行っちゃった話、聞いたよ。これから大変だな」

その話をなるべく避けたい早苗はうやむやに頷いて言った。

「鶴見部長は私のために都立病院のポストを考えてくれたのですが、私がお断りしました。ところで、下山教授の後は助教授だった竹原先生が病理の教授になったんですね。助教授は立石先生じゃなくて芳賀先生だとばかり思っていたんですが……」

　立石は意外にも真顔で答えた。

「みんなそう思っていたよ。ところが芳賀は親父さんが脳梗塞で倒れて介護が必要になったら、あっさり大学の常勤を辞めちゃったんだ。『嫁さんに自分の親父の介護を押し付けるわけにはいかない』ってさ。びっくりだろ、そういうのが新しい考え方なのかな……」

「芳賀先生は奥さんとお父さんを深く愛しているんだと思いますよ。若い頃は、男尊女卑発言ばかりで出世にしか興味なさそうな人に見えたけど、本当は家族を大事にする人だったんですね。見直しました」

　立石は早苗の言葉に素直に同意する代わりに、身を乗り出して言った。

「うちだって嫁は大事にしてるよ。でも、嫁に来たからには亭主の親の面倒を見るのは当たり前だろう」

　早苗は立石が本気でそう信じていることを哀れむように言った。

「次は立石先生が教授になるんでしょう。その時は、その古めかしい考えが変わっていることを願わずにはいられませんね」

　すると立石は鼻で笑って答えた。

「いや、それはない。次に教授になるのは、竹原先生のお気に入りで今アメリカにいる町田だろう。あいつは優秀でおまけに大学内では上層部の受けがいいからな。ところで、今日は何の用だ」

早苗が答えようとしていると、ノックと同時にドアが開いて教室秘書が学生の答案用紙を持って入ってきた。秘書が出て行くのを目で追ってから、立石は渋い顔になって言った。

「御覧の通り、哀しいことに雑用に追われている。入試の時に物理を選択して入学してきた学生には手を焼いているんだ。入試科目は生物を必須にするべきだ」

立石は答案用紙の何枚かをチラチラと見てから続けた。

「10年前は免疫学に勢いがあって病理もそれなりに人気あったんだが、今は何が何でも分子生物学でね。学生は泥臭い病理解剖に触れるよりもスマートなPCR（DNAを増幅する手法）を使いたがる……あぁ、話がそれてごめん。それで？」

早苗は、学生時代の友人が絨毛癌の診断で子宮と卵巣の摘出手術を受けたこととその摘出物の病理診断が出ていないことに関する一連の謎について説明した。立石は終始真剣な表情で早苗の話に聞き入っていた。倉庫で見つけ出したパラフィンブロックから改めてプレパラートを作ってみたところ、何処にも癌がなかった件になると立石の眉がピクリと上がった。早苗はすかさず訊ねた。

「立石先生はこのことをご存知だったのですか？」

立石は暫く考え込んだ様子だったが、先ほどの答案用紙に再び手を伸ばしてペラペラと捲りながら口を開いた。

「その友人って……大村教授の奥さんだろ？」

早苗は右手を伸ばして立石がいじっていた答案用紙を押さえて言った。

「やっぱり知ってたんですね！　話してください、何があったのかを」

立石は椅子の背に寄りかかり両手を頭の後ろに回して答えた。

「実はよく知らないんだ。竹原教授が『自分が担当する』って、標本や依頼書一式を持って行った話は聞いたけど、その後どうなったかは知らない。皆忙しいから、そのまま忘れちゃうこともあるし、いちいち関心を持ったりしない。ただ、2～3か月前に別件で台帳を調べている時に病理診断が空欄だったんで患者名を覚えていただけだよ」

早苗は立ち上がって言った。

「それなら、竹原教授に聞いてみます」

立石は椅子の背から身体を離して背筋を伸ばしながら言った。

「やめた方がいい、と言っても聞く耳持ってないよな」

早苗は軽く一礼してドアに向かった。立石が早苗の背中に向かって呟くように言った。

「昔は楽しかったなぁ、加藤さんと3人でよく話してさ……」

早苗が振り向くと立石が思い出したように続けて言った。

「そう言えば、年内に臓器移植法が成立する見込みだよ。我々が若い頃よく話題にした、あの心臓移植事件から30年も経ってやっとガイドラインが作られるというわけだ」

そして、誰に聞かせるわけでもなく宙に向かって言った。

「ずいぶんと長く時間がかかった……」

早苗は小さく頷いて立石の部屋を後にした。大学院生時代の様々な場面が眩しい光と共に胸に蘇っていた。廊下を歩きだした時、突然、加藤の言葉が早苗の脳裏に浮かんだ。

「青春を無駄にしちゃいけない」

あの頃の自分は若く、疲れを知らない身体とプリズムのように輝く向学心を燃やしていた。他に道があったとしても気付かなかっただろう。そんな「にがい」感情を抱きながら、早苗は廊下を進んで行った。

教授室のインジケーターは「在室」になっていた。部屋の中からは微かに人声が聞こえたが、早苗は構わずドアをノックした。

「はい」

返事が聞こえたので、早苗はドアを少し開けて顔をのぞかせた。電話中だった竹原は受話器を押さえて「ちょっと待って」と早苗に合図してから再び電話の相手と話し出した。早苗はドアを閉めて廊下で待っていた。5分ほど待つと、竹原が早苗を部屋に招き入れてくれた。竹原はデスクに戻って自分の椅子に座り、早苗にはソファに座るように手で示した。早苗が勧められたソファを通り過ぎてデスクの前に立ったので、竹原は一瞬肩をすくめるようなおどけた表情を見せてから言った。

「やぁ、久しぶりだね、黒木君、元気だったかい？　そっちの研究室の次期部長は決まったのか？」

「いいえ。本当はもう決まっているのかもしれませんが、私には知らされてません」

「そうか、君もこれから大変だね。この世界は厳しいからな。おぉ、そうだ、次の病理教授選に君もアプライしたらいい」

町田を気に入っている竹原が早苗を教授に推薦するはずがないのは明らかだった。それでも挨拶代わりに教授選の話を引き合いに出すのは、竹原の政治好きの現れなのだろう。立石が自分は教授になれないと言っていたのは当たっているかもしれないと早苗は思った。

「アポなしで伺ってすみません。2～3分で結構ですから、ちょっとお話できたら有難いです」

いつもの声よりもワントーン高めの女声で懇願した早苗に対して、竹原は笑顔で応えた。

「今、2～3分なら大丈夫だよ」

早苗は先ほど立石に話した圭子の絨毛癌の顛末を竹原に話した。表情を全く変えないまま話を聞いていた竹原は、早苗が話し終えると静かに口を開いた。

「それで、君は何が知りたいんだね？」

「真実です」

「何のために？」

竹原の質問に戸惑った早苗は沈黙した。真実を知りたいと思うのは本能のようなものだから、理由が必要とは考えたこともなかったのだ。すると竹原が諭すような口調で話し出した。

「黒木君は何のために真実を明らかにしようとしているんだ。よく考えてごらん、癌ではなかったことが表に出ても誰のためにもならない。それどころか、困る人や苦しむ人が出るだろう。そんな真実だったら、目に触れないままの方が良くはないか？患者には『この癌は絶対再発しません』と言ってあげられる」

竹原の言葉に含まれる恫喝《どうかつ》の気配に慄きながらも早苗は食い下がった。

「おっしゃる意味がよくわかりません」

竹原は微笑んで続けた。

「いや、優秀な君はわかっているはずだ。高めのｈＣＧ値を根拠に絨毛癌と診断した婦人科と絨毛癌の診断の下に子宮と卵巣の全摘出を進言した外科は大いに反省すべきだ。しかし、その時点では両者とも最善と思われる医療を提供したに過ぎないのだよ」

早苗は竹原の圧力を振り払うように首を横に振って言った。

「摘出する必要のなかった子宮と卵巣を切除された患者の人権はどうなるんですか？彼女には知る権利があります。私は今日これから、『癌はなかった』と大村圭子さんに伝えます。彼女は医師ですから事態を完全に理解できます。それに……」

すると早苗の言葉を遮るように竹原が言った。

「私は人権の話をしているのではない。患者が素人なら適当に言いくるめて、後は文書操作で如何様にも解決することができる。ところが患者が医師だったから少しややこしくなった、それだけのことだ。本人がその気になれば調べられるからね。そして実際、君がこうして抗議に来た」

竹原はデスクの上で指を組み左右の親指の腹を合わせては開く動作を繰り返していた。目の前の相手をどうやって懐柔するかを深く考えている様子だった。やがて親指が止まり、竹原は再び口を開いた。

「黒木君、大人になりたまえ。君も組織の人間ならわかるはずだ。この件については、既に婦人科・外科・病理科と患者のご主人である大村氏との間で話し合いが済んでいる。協議の結果、患者本人には知らせないことになった。知らせても患者を苦しめるだけだからな。そして、大村氏は神経内科教授選に勝利した」

問題の核心がついに語られた。早苗は側頭部の髪の毛が逆立つのを感じながら震える声で言った。

「大村先生と取り引きしたということですか？」

竹原は大袈裟に両手を広げて見せてから答えた。

「我々はほんの少し彼をサポートしただけだ」

それは、妻への医療ミスに目をつぶる代わりに大村氏が教授の椅子を手に入れたことを意味していた。圭子の心情を慮るならば、大学病院と夫の両方から裏切られていた事実を早苗が簡単に告げられるはずがない。それを見越して、竹原はわざと真相を暴露したのだ。

「君が人権とやらを盾に騒ぎを起こせば友人が苦しむだけじゃなく大学が大変なことになる。よく考えることだな……さて、時間だ」

竹原はそう言うと立ち上がって白衣を羽織った。返す言葉を失った早苗は一礼して教授室を後にした。痛みを感じるほどきつく握りしめたこぶしの関節部分が白く浮き出ていた。

研究所に戻った早苗は事の顚末を圭子にどう説明したものか夜が更けるまで思い悩んでいた。１枚の病理診断書の確認を軽い気持ちで引き受けただけなのに、大学病院に巣食う影の権力に歯向かうことになってしまったのだから驚きだ。とんでもないことになったという思いが渦巻いて、目に見えない圧力の本当の怖さを生まれて初めて肌身に感じた。さりとて、長い物に巻かれて口を閉ざすことには耐え難い生理的嫌悪感があった。

竹原の警告を無視して告発をするためには、早苗自身がこの業界にいられなくなる覚悟が必要だが、今既に置かれている窓際の立場で失うものはない。大学病院政治のノウハウを知らなくても「ジョージア・マフィア」気取りで殴り込みをかけることは可能だ。

『でも、そもそも何のため、誰のための告発なんだ？　悔しいけど竹原教授の指摘は正しい……』

想像の中で膨張しつつあった闘いへの高揚感は穴の開いた風船のように一瞬にしてしぼんでしまった。早苗は思った。

『目標を定めないとダメだ。戦略が曖昧では必ず失敗する』

人間は漠然とした正義感だけで1人闘い続けることはできない。早苗は圭子に立ち上がる意志があるかを確かめることにした。圭子が告発を希望したら、早苗は迷いなく行動を起こすことができる。圭子の生き方に冷淡な視線を向けてきたことを謝罪したい思いがそこにあった。

時刻は午後10時を過ぎていたが、圭子は3回目の呼び出し音の途中で受話器をとった。圭子が連絡を待っていたのはまちがいない。

「今、話できる？」

受話器の向こうで人声がしているので、早苗はそう尋ねた。

「大丈夫よ、主人はまだ帰らないし、録画しておいたドラマを見ていただけだから」

「何のドラマ？」

「『失楽園』」

「『失楽園』って、渡辺淳一の？　そんな濃厚なのがお好みなの？」

「ないものねだり。愛する人ために持てるものすべて、命さえも捨てるの……早苗はテレビ見ないから、世の中がドラマ全盛なのを知らないだけよ。それで、どうだったの？」

圭子に本題に入るよう促されて話し始めた早苗の口調は重かった。

「落ち着いて聞いてね。手術材料の標本を全部調べた。その結果、癌は何処にも見つからなかった」

圭子は無言だった。ただ微かな呼吸音だけが聞こえていた。早苗は心配になって言った。

「もしもし、聞いてる？　これがどういう意味がわかるでしょ、誤診だったのよ」

大きく息を吐き出す音に続いて圭子の声が聞こえてきた。その言葉は意外なものだった。

「そうか、良かったよ、最悪の事態を考えていたから。ステージ４で余命１年とかだったら、自分が医者だってやっぱり怖いもん」

早苗は戸惑って言った。

「でも、これは誤診による医療ミスに相当する。癌と誤って健全な臓器を切除するなんて許せない、明らかな人権侵害だよ。もし圭子が大学病院を告発するなら、私は全面的に協力する。病理の竹原教授は診断書と標本一式を隠してるけど、検査部の友達がパラフィンブロックを確保したから大丈夫、病院のミスを立証できるよ」

再び長い沈黙が続いた。早苗は圭子の夫である大村教授の件には意識して触れないように話していたが、圭子が夫の立場について考え巡らせていることは察しがついた。早苗はもっと話したい気持ちを抑えて返事を待った。暫くして、圭子は不自然なくらい明るい声で答えた。

「色々助言してくれてありがとう。でも、私は納得できたからもういいや」

「そうなの？　ホントにもういいの？」

「こっちから頼んでおいて悪いんだけど、もうそっとしておいてほしいの、お願い」

手を引くよう懇願されて、早苗は自分の正義感が圭子を追い詰めていることに気付いた。別れを告げて受話器を置いた早苗は闘わずして敗者になった後味の悪さに浸っていた。正しいと信じて行動したのに、単なるおせっかいに終わった。大きなため息をついた早苗は再び受話器を取り自宅に電話して、これから帰ると告げた。

「ずいぶん遅くまで頑張ったね、ごはんまだなんでしょ、用意してあるよ」

普段と変わらない母の声は耳に心地よかった。


その年の暮れに1本の電話がかかってきた。

「黒木先生ですか、野間口です」

「はぁ、どちらの野間口さんで……」

そう言いかけて、早苗はハッとした。そのよく響くバリトンに聞き覚えがあったからだ。

「あっ、心臓血管外科の野間口先生ですね」

野間口は早苗が最初に担当した剖検例の心臓手術執刀医だった。当時取沙汰されていた心臓血管外科教授選を自ら降りた後、現在は九州地方の大学医学部で外科を統括する教授となっていた。

「覚えていてくれたようだね」

「もちろんです。野間口先生から鋏の持ち方を注意された時のことははっきり覚えています。ご助言いただいたこと、今でも感謝しています。先生はお元気でいらっしゃいますか」

「おかげさまでね」

通り一遍の挨拶が済むと、野間口は話の本題に入った。

「こちらの大学で病理の助教授が空席になったので君を推薦しようと思ってね、一応筋を通すために竹原に連絡したら『黒木はやめておけ』と言われて驚いたんだ。何かあったのかね？　助けになれそうなことがあれば言ってくれたまえ」

現在教授を務める大学内での地位を盤石なものにしたい野間口は病理助教授の席に子飼いの部下がいれば好都合と考えて早苗を思い出したのだった。しかし、その案に竹原が反対したことから、何らかのトラブルがあったことは容易に想像がついたはずである。それでも野間口が早苗に電話をかけてきたのは、早苗を救済するためではなく、使えそうな情報を収集するためであることは明白だった。

早苗は野間口が病理医としての実力を評価してくれたことについては純粋に嬉しかった。その一方で、竹原は今後どの方面からの打診に対しても同様の発言をするのだろうと思うと、一門の名簿から外された寂しさが心を過った。

早苗は一呼吸おいてから答えた。

「原因はよくわかりません。きっと私の口のきき方が生意気だと思われたのでしょうね」

「ホントにそれだけかい？」

「ええ、それだけです。野間口先生には声を掛けていただいて感謝しています。ですが、私は1人っ子なので年老いた両親を残して行くとなると、九州はちょっと遠すぎるかなぁと思います。せっかく評価していただいたのにすみません」

「そうか、わかった。君は女にしておくのがもったいないくらいの実力があるのに残念だよ。それじゃまた」

野間口の褒め言葉が性差別であることは明らかだったが、早苗は自分が評価の対象として認められただけでも素直に嬉しかった。

その後、野間口から電話がかかってくることはなかった。

振り向けば別れ道

スコットランドで１９９６年（平成８年）に生まれた羊のドリーが翌年には一般紙やテレビでも報道され、「クローン動物」という言葉が世に知られるようになった頃、早苗が所属する免疫病理研究室の新しい部長が決まった。新部長として承認された渋《しぶ》沢《さわ》は制御性Ｔ細胞の専門家で、その論文数は群を抜いていた。

渋沢は、人当たりは柔らかいが芯は頑固な根っからの研究者タイプの人間だった。常に自分の世界に住んでいて周囲への配慮には欠けており、鶴見のように策を巡らせるタイプとは対極の性格だった。

これからの研究室の運営方針を質問した早苗に渋沢は言った。

「黒木さんはそのままご自分の研究を続けてください。支給される研究費は当分の間折半でいきましょう」

これは早苗に配慮したのではなく、早苗の存在は渋沢の眼中にないことを意味していた。渋沢には所内の研究費を当てにしなくても済むだけの科研費や製薬会社からの研究費など潤沢な資金があった。

2か月もすると渋沢を慕う大学院生が5〜6人出入りするようになり、早苗は実験室を事実上明け渡した状態になったが、この敵意なき侵略に対して腹は立たなかった。むしろ、素直な若者たちがエネルギッシュに実験をこなす姿を見て、早苗は自分の若かりし頃を思い出していた。そんな彼らが早苗に気遣って話しかけてくるのが嬉しかった。それだけ自分が歳をとったということだと思った。

早苗が実験から遠ざかって半年ほど過ぎた1999年（平成11年）2月、臓器移植法に基づく脳死からの最初の心臓移植が大阪大学で行われた。1968年（昭和43年）夏の事件以降、日本の移植医療が長く低迷してきた歴史を知る者にとっては感慨深いニュースだった。

早苗が剖検例のレポートをまとめているところに呼吸器科の牧野朋子が現れた。

「しばらく来ない間に、研究室の雰囲気がだいぶ変わったね。どう、元気？」

早苗が微笑んで肩をすくめて見せると、現状を察した朋子は小声になって続けた。

「今夜ちょっと時間あるかな、聞いてほしい話があるの」

その夜、いつもの居酒屋に着くと朋子は珍しく奥の座敷で話そうと提案した。注文したビールとお通しが座卓に並ぶと、ジョッキを持ち上げて朋子が言った。

「今日は私のお別れ会です。かんぱーい」

早苗は一口飲んでからおもむろに言った。

「ちょっと待って、病院辞めちゃうの？　今までそんなこと言ってなかったよ」

「このところずっと考えていたの。ダンナも賛成してくれたから、下関の実家に帰って父の医院を継ぐことにした」

朋子の返事に対して、早苗は口を尖らせて不満そうに訊いた。

「えーっ、いったい何処を押したらそんな結論が出るわけ？」

一般に出産可能な年齢の女医が家庭も大事にしたいと考えると、解決の道は当直勤務の少ない診療科目を選ぶか、人員に余裕のある専門病院に移るかである。そんな中で子育てをしながら総合病院の呼吸器内科を支える存在であり続けてきた朋子を早苗は心から尊敬していた。臨床の現場で頑張ってきた女医が何故急に病院を去ることを決意したのか、早苗はその理由を是非とも知りたいと思った。

朋子は静かに語り出した。

「今時の若い研修医は救命救急に行きたがる傾向が強くてね、かっこいいテレビドラマの影響かしら……。とにかく彼らは緊急に患者の命を救うことには真剣に取り組むのだけど、終わっていく命にも向き合う責任があることに気付いてほしいよね。勿論救命救急や先進医療は大事よ。でも、これからの医療人は患者さんの人生を受け止めて伴走する意識を持たなくちゃ……」

「QOL（クオリティ　オブ　ライフ）尊重だね。その点は私もまったく同感」

早苗が合いの手を入れると、朋子は頷いて続けた。

「現場にいるとね、多死社会が目前に迫っているのを肌で感じる。だからこう考えた、都市部の総合病院や大学病院は若手に任せて、『中堅の私たちは地域医療に注力するべき』と言うとカッコイイけど、私たちが下関に帰ったところで何も変わらないかもしれないね」

早苗は言った。

「ご主人も賛成してくれたんでしょ、いい人なんだね。焼き鳥いっちゃう?」

「焼き鳥いいね、ビールもいきましょう」

いつも1杯だけと決めていた朋子が初めて2杯目を注文した。ここまで半信半疑で話を聞いていた早苗は朋子が本気で病院を辞めるつもりなのだと悟った。

運ばれてきた2杯目のビールでもう1度乾杯をしてから、朋子は笑みを浮かべて言った。

「ダンナが賛成してくれたのは、もう一つの理由があったからよ」

「もう一つ？」

「それは子どもたち。子どもが生まれてから、我が家はいつも戦場だった。時間通りに子どもの世話と家事を回すだけで必死になっていた。がむしゃらに頑張ってきたけど、子どもたちに我慢を強いてきたことは事実。自分がイラついて、つい傷つけるようなことを何度も言った。子どもってそういうことよく覚えているのよ……」

朋子はビールを一口飲んでから遠い視線になって続けた。

「もっと可愛がってあげればよかったと思う。去年のクリスマスにふと気付いたら、春には下の子は小6で上の子は高校よ。ハッとした、あの子たちが巣立っていくまでに私が母親として傍にいられるのはせいぜいあと10年。そう考えたら、『これからの10年を子どもたちと一緒に過ごしたい』と気持ちが沸き立ってね。自宅が仕事場なら、病院勤務よりは親らしいことができる、きっと」

早苗は煙草に火を点けて、一服深く吸い込んだ。朋子は地域医療へと舵を切り、同時に子どもたちと向き合おうとしている。一方、早苗は人生の後半をどのように形作るかを未だ真剣に考えたことがなかった。こうして、朋子の決断は早苗の心に潜んでいた先行きの不安を急激に浮上させたのだった。

早苗はつくねを頬張った。甘辛いたれの味が口の中に広がった。食べることにこだわりを持たない早苗は好きな食べ物を聞かれて何も思い浮かばないタイプの人間だった。ところが、その時のつくねはとても美味しいと感じた。早苗は天井を見上げて言った。

「あーぁ、身を焦がすような大恋愛がしてみたかったなぁ」

その唐突な発言に朋子がビールを吹き出しそうになりながら突っ込みを入れた。

「どうした？　何言ってんのよ。壊れちゃった？」

早苗は煙草を消して言った。

「本気よ。女も40代になると、職場での地位は上でもなく下でもない中2階。この先定年までの道のりが嫌でも見えちゃう。これまでに別れ道はいくつもあったはずなのに全然気付かなかった。こんなふうに生きてきた私から病理学を取ったら何も残らない。そんな人生……、このままでいいのか、このまま終わるのか、今がラストチャンスかもしれない……とか考えますよ」

するとは朋子は真顔になって答えた。

「私も考えたわよ。その悩みは私たちの世代の誰もが経験する通過点みたいなものだと思うなぁ。『結婚しているか』『子どもがいるか』じゃない純粋な自己評価の問題よ。女だけじゃない、男だって『俺の生き方これでいいのか？』って迷うんじゃないかな」

早苗は言った。

「昔、まだ若かった頃、先輩に『青春を無駄にするな』って言われたことがあるの。その人死んじゃったから意味を確かめることはできないのだけど、今になって時々思うのよ『私、やっぱり無駄にしたかも……』ってね」

「その先輩って男でしょ」

早苗が頷くと朋子はため息をついて言った。

「それは助言じゃないよ。忘れちゃいな」

「えっ、どうして？」

「よく考えてみてよ。人生に無駄なんてない。その先輩はあなたに好意を抱いていたと思う。つまり『月が綺麗ですね』と同じ意味」

朋子の言葉は一瞬にして早苗を呪縛から解き放った。いつも優しい眼差しを向けてくれた加藤を慕う気持ちがあったから、その言葉が長く心に残っていた。早苗はそれを先輩からの助言と思っていたが、朋子が言うように加藤も早苗に何らかの想いを持っていたのだとすればそれですっきり完結するではないか。

長く刺さっていた小さな棘から解放された早苗は急に笑い出した。すると朋子が呆れた様子で言った。

「今度はどうしたの？」

「なんでもない。私ってバカみたい。『恋』だったかもしれないって思ったら、なんだか嬉しくなっちゃって」

そう答えた後、早苗はポツリと呟いた。

「あの頃が懐かしくて、哀しい……」

朋子はコートを羽織って財布の中をかき回しながら言った。

「下関に遊びにおいで。美味しいもの御馳走するからね」


朋子と別れて研究室に戻った早苗は自分の席に座ってスタンドを点けた。帰り支度をしていた大学院生が通路から顔を出して言った。

「お先に失礼します」

「お疲れー」

早苗が応えると大学院生は自分たちの側の照明を消して帰っていった。人の気配がなくなった研究室には隣の実験室から漏れるローターやサーモスタットのうなりが低く響いていた。早苗は普段あまり使わない脇机の引き出しを開け、手を伸ばして奥の方から小箱を取り出した。それは古いゴディバの箱だった。蓋を開けると、中には黒っぽく変色したバラの花びらが入っていた。

朋子が病院を去った翌年、早苗は45歳になった。剖検は年々減少し、早苗が就職した頃には年間３００例を超えていたものがこの年には２００例ほどだった。その一因は剖検率が3割台まで下がったこと、つまり臨床各科が病理解剖の必要性を昔ほどは認めなくなったことだった。それに加えて、昨今は遺伝子工学が台頭し、早苗が大学院生だった20年前とは違って病理学領域においても洗練された器機やゲノム解析技術がもてはやされるようになった。こうして、泥臭い人体病理学は若い医師や学生から敬遠されるようになったのだ。

一方、剖検医の育成には様々な症例の解剖を一例でも多く経験することが不可欠である。しかし、教育の機会は急速に減少していた。このまま病理解剖に携わる医師が減り続ければ、20年後には病理医不足の状態に陥るのは目に見えている。早苗は「剖検医の仕事自体が近い将来になくなるかもしれない」と感じ始めていた。

患者が治療の甲斐なく亡くなった時に、若い臨床医は病理解剖に立ち会うことで直接死因や治療の適正について多くのことに気付き、時には自分の失敗を目の当たりにすることができる。その『気付き』が医療の質の維持に繋がると信じて取り組んできた早苗だったが、彼女を支えてきた情熱も冷めつつあった。

その年の暮れの出来事だった。80代の早苗の父が倒れたのだ。都内に小さな会計事務所を開設し生涯現役と言い続けてきた父だったが、極端な運動不足による筋力低下のために腰が曲がり、70代後半からは足元がおぼつかない状態（後にロコモティブシンドロームと名付けられた症状）になった。仕事にも支障が出るようになって、本人も納得の上で事務所を閉じる後始末の最中だった。そして、研究所の早苗に父の急を知らせる母からの電話は要領を得ないものだった。

「もしもし、お父さんが救急車……」

「えっ、事故？」

「うん、あっ違う、倒れたんだって」

「いつどこで倒れたの？」

「いつ？　どこだったかな……」

「それがわからないとどうしようもないじゃない。いつ？　どこ？」

「そんなふうに次々聞かれたらわかんないっ！」

母は突然怒り出して電話を切ってしまった。早苗は信じられない思いで受話器を見つめた。こんなヒステリックな反応は母らしくない。急な知らせに動転しているためと思われたが、時間や場所に関する認識があり得ないくらいずれていることに早苗は違和感を持った。折り返し電話して父が運ばれた病院を問い詰めたいところだったが、高血圧症の母がさらに逆上しては困るので諦めた。早苗のラボの電話番号を大きく書いてキッチンの壁に貼っておいたのを母が思い出して電話をくれただけでも良かったと思うことにした。

今は父のことを先に考えることにしよう。時計を見ると午前11時だった。父がいつものように混雑する電車を避けて昼頃に神田の事務所に着くつもりで家を出たとすると、倒れたのは電車に乗る前、浦和駅周辺だった確率が高い。早苗は最寄りの市立病院に電話をかけた。

ビンゴだった。

早苗が救急処置室に駆けつけた時、父はベッドの上に座ってワイシャツのボタンをかけている最中だった。一目で重症ではないことがわかって、早苗は安堵した。

担当の医師が早苗に向かって言った。

「浦和駅のホームで倒れたそうです。血液生化学で異常値は出ていませんが、一時的に意識不明になったとのことでしたので、念のため脳のCTを撮りました」

CT画像をシャーカステン（読像用の照明器）にかざしながら医師は続けた。

「古いラクナ（症状が出ない程度の微小梗塞）が2〜3か所ある程度で、ほぼ問題ありませんね」

早苗は画像を見てから応えた。

「年相応の脳というところですね、安心しました。このところ、父は坐骨神経痛に苦しんでいまして、今日のように寒い日には特に痛むらしいです。酷い時は痛くて気が遠くなると言っていましたから、きっとそれで倒れてしまったのでしょう」

医師は頷いてから父の方に笑顔を向けて言った。

「良かったですね、入院の必要はありません。今度気が遠くなりそうになったら、地べたにしゃがみこむか寝転んでしまいなさい。そうすれば、今日のように倒れて頭を打つ危険は避けることができます」


父を車に乗せて帰宅した時、冬の陽の残光が西側に並ぶ家々や木立のシルエットを浮かび上がらせていた。

『1人で待っていた母はさぞかし気を揉んだに違いない』

そう思った早苗は父の病状について今のところは心配ないことを説明した。母は黙って早苗の話を聞いていたが、意外にも心は何処かに行ってしまっているような顔をしていた。

『歳をとるとホッとした気持ちや喜びが表に出なくなるものなのか？　ちょっと変だな、先ほどの電話にしても……』

早苗が母にそのことを話そうとした瞬間、家の外で異常な物音がした。それは小規模の爆発音のようでもあり破裂音のようでもあった。同時にセントラルヒーティングの暖房が停止した。ガス給湯器に異常が生じたらしい。慌てて家の外に出て給湯器を確かめたところ、薄暗い中では見た目におかしなところはなく、ガス臭くもなかったのでひとまずホッとした。

しかし、暖房がないまま夜が更けたら大変なことになる。寒さは父の坐骨神経痛を悪化させ、母の血圧を上昇させるだろう。早苗は東京ガスに電話して事情を説明し、できるだけ早く来て欲しいと頼んだ。幸いなことに20分ほどでエンジニアが到着した。

早苗は作業の手元をライトで照らしながら言った。

「すぐ来てくれて助かりました。よりによってこんな寒い日に暖房が使えないのは、歳をとった両親には堪えますから」

エンジニアは相槌を打って給湯器前面のパネルを開けて作業を始めた。しばらくするとゴソゴソと中の配線を確認している手が止まった。大きなため息の後に呟きが漏れた。

「変だな」

「どうかしたんですか?」

早苗は反射的に質問した。するとエンジニアは逆に訊き返した。

「ガスは大丈夫ですが、他の電気系統は切れませんでしたか?」

「はい、ブレーカーは落ちませんでした」

早苗の答えに頷いたエンジニアは内部を指さして言った。

「ここ、まるで雷が落ちたみたいに焼け飛んでいる部分があります。真冬の晴れの日に雷はないですよね。とにかく瞬間的に凄いエネルギーが流れたみたいで……ちょっと考えられない。アタシもこんなの見るのは初めてでなんで原因はよくわかりませんが、修理はできますから大丈夫ですよ」

1時間ほどで修理は完了した。あまりにも色々なことが起こった1日はこうして終わった。母とはいつかちゃんと話そうと思いながら、早苗は両親とすれ違う生活に戻った。しかし、高齢の親と中年の一人娘の家庭は早苗が考えるより速いスピードで変質し始めていたのだった。


年が明けて暫くした頃、久しぶりに大学検査部の三雲麻里子から電話がかかってきた。

「どう、元気？　たぶん知らないだろうから電話したんだけどさ……」

麻里子は一呼吸おいてから続けて言った。

「大村圭子さんが亡くなったわよ」

それはあまりにも突然のことだった。竹原と対峙して医療ミス隠しの証拠をつかんだ早苗が連絡した時、圭子は「そっとしておいてほしい」という言葉を残して電話を切った。大学と夫の両方から裏切られていたことに圭子は気づいたのだろうか。

早苗は言った。

「そんな……、癌じゃなかったのに、なんで死んだの？」

それ以上言葉が出なかった。すると麻里子が低い声で言った。

「病院内ではみんな口をつぐんでいるわよ。ほら、昔マイクロモスキートペアンが火葬場で出てきちゃって大騒ぎになったって聞いたことあるでしょ。あの時と同じように誰も知らないんだって」

早苗はペアン置き忘れの話に反応して、今度は即座に訊いた。

「えっ、そのペアン、本当にマイクロモスキートだったの？」

麻里子は話を逸らされて少し苛立ったような声で答えた。

「そう、うんと小っちゃいやつ。あの時は外科じゃなくて病理の剖検医のミスということで収束したらしいよ。ところで圭子さんが亡くなった話に戻るけど、噂では普通の死に方じゃなかったみたい。ごく内輪の人にだけ訃報が届いたんだって。差出人は圭子さんのお母さんの名前だったそうよ。あの事件の後、大村教授とは離婚していたらしいね」

「………」

「もしもし、大丈夫？」

「うん。もしかすると自死かもしれない。圭子、私のこと恨んでいたんだろうなぁ……。私の安っぽい正義感が結果的に彼女をもっと不幸にしてしまったんだもの。あぁ、あの時、電話しなければよかった……」

早苗の声は電話口の麻里子にもわかるくらい震えていた。

麻里子は言った。

「臨床診断ミスのこと、圭子さんは薄々わかっていたんだと思うなぁ。だから病理診断書を確かめたかったのよ。彼女だって医者なんだから」

あの日の圭子は「失楽園」の話をしていた。「録画しておいた」「ないものねだり」とも言っていた。人が羨むものすべてを手に入れたように見えていた圭子のことが急に可哀そうでたまらなくなった。

沈黙の後に早苗は言った。

「私、優しくなかった。圭子は私と話したかったんだと思う、学生時代のように……」

「友人のために誠実に行動した結果だと、私は思うけどね。とにかく、あんまり気にしない方がいいわよ。葬儀は身内だけで済んでいるそうだから、今さらできることはあんまりないけど、念のため亡くなった日だけ教えておくね」

スケジュール帳を見ながらその日付を聞いた早苗は心底驚いて受話器を握る手に力が入った。圭子が死亡したのは年末に色々あったあの日だったのだ。突然異音を発して壊れた給湯器の修理に来たエンジニアは「まるで雷が落ちたようだ」と言っていた。

「雷」はギリシャ神話に登場する名医アスクレピオスの命を奪ったゼウスの「雷霆《らいてい》」を連想させた。後に医神となったアスクレピオスの杖に蛇が巻き付く図柄は医療のシンボルとして有名である。

あの時「圭子が来た」と早苗は思った。メッセージに込められたのは「憤怒のいかずち」か、それとも「別れの挨拶」かと想像を巡らせたのだった。

その後まもなく事務所をたたんだ父は自宅で1日を過ごすようになった。趣味の庭いじりは坐骨神経痛のために続けられなくなり、大好きだった読書は緑内障のために諦めた。できなくなったことを憂えるばかりで、できることを探そうとはしなかった。朝から晩までダイニングの椅子に足を組んで腰かけていた。筋力の衰えと共に背骨が曲がり、椎骨の圧迫骨折を起こしては痛いからと言って立ち上がらなくなり、歩く機会が極端に少なくなった父は家の中でも手すりや杖が必要な状態になった。

早苗は事あるごとに父に言った。

「座ったきりの生活をしていたら、お父さんの腕や脚は『俺たち用無しだ』って本当に動かなくなっちゃうよ」

「いいんだよ、このままで」

早苗が廃用性萎縮の怖さを伝えようとしても、父はうるさがるばかりだった。高齢者の筋力は使わずにいるだけで急速に衰える。これを防いで維持するためには、面倒でも毎日動かす努力が必須なのだ。脳、心臓、肝臓、腎臓、肺……どこも悪いところはないのに、近いうちに父は寝たきりになる。早苗はその後を考え始めた。

一方、母には親戚や近所の人相手に作り話をする「作話」の症状が現れた。本人には人を騙そうとする意図がない「誠実で正直な嘘」である。これは記憶の断片を正しく整理できなくなった哀しい結果であり、SDAT（アルツハイマー型老人性痴呆症）の典型的初期症状だった。

ほどなくして母は台所で鍋の空焚きを繰り返し、レンジとオーブンの区別がつかなくなった。一連の出来事に火災発生の危険を感じた早苗は夕方には帰宅するようになった。そのため仕事の積み残しが増え、家では両親の見守りに加えて買い物や料理などに忙殺された。やがて仕事と家事の両方が回らなくなり、ひどく落ち込んだ早苗は渋沢部長に退職したいと申し出た。

渋沢は言った。

「黒木さんが正直に話してくれたから僕も正直に言います。僕は関西の大学の教授選にアプライしていて、この席は間もなく空きます。次は黒木さんの番が回ってくるかもしれませんよ」

早苗は軽く会釈して答えた。

「まだ内密のお話を漏らしていただきありがとうございます。でも、そうと伺ったからには渋沢先生よりも先に辞めさせていただきたいと思います」

渋沢は驚いた表情を浮かべて訊いた。

「えっ、何故ですか？」

早苗は声が震えそうになるのを堪えながら言った。

「先生は私にもチャンスがあると言ってくださいましたが、何年もここにいると次に何が起こるか大方の見当はつきます。勢力争いに翻弄されて、結果辞めるのではさすがに寂しすぎます」

渋沢は眼鏡をかけなおして早苗と視線を合わせてから言った。

「僕自身は基礎研究に軸足を置いていますが、病理の仕事特に剖検にはリスペクトを惜しみません。医学が進歩した今でも、解剖して初めてわかることがまだまだありまず。ほら、ちょっと前に幼い子どもが割りばしをくわえたまま転んで亡くなった不幸な事件があったじゃないですか。あの時、割りばしが頸静脈孔を潜り抜けるようにして小脳に突き刺さっていたことを証明したのは解剖です」

「ありがとうございます。私は病理医と研究者の両立を目指してきましたが、どちらも中途半端になって、研究への意欲を失くしてしまいました。若い優秀な後輩に道を譲りたいと思います」

こうして早苗はこれまで積み上げてきたキャリアと別れることになった。そうするべき時期に差し掛かっていたのだと得心できた。

この頃、データや文書のやり取りが郵便やファクスから電子メールに完全移行しつつあった。常に更新される世界中の研究成果を随時把握するだけでも大変なこの時代に、息詰まる科学競争のステージから降りた早苗は『もうハラハラしなくていい。焦らなくていい』という心地よい解放感とほろ苦い疲労感に浸った。

余命の分水嶺

早苗が退職して数年後の２００４年暮れ頃から「痴呆症」は「認知症」と呼ばれるようになった。認知症研究は癌研究と並ぶ医学界のトレンドとなり、世界中の研究者が新しい知見を求めてしのぎを削る領域になっていた。症状の進行を遅らせる効果のある薬が注目され、瞬く間に一般に処方されるようになった。しかし、効果は一時的な場合が多く、まったく効かないケースもあった。

特効性のある治療薬がなかなかできない理由は、アミロイドβの蓄積を含む複数のファクターが複雑に絡み合って認知症発症に至ることと血液脳関門の存在である。この問題はかつてアミロイドβに対する単クローン抗体作製を試みた早苗が実験で乗り越えられなかった壁との共通項を含んでいる。頻繁に報道される認知症研究の最新情報に触れるたびに早苗は思った「世界の研究者が頑張っても未だにクリアーできないテーマに1人で挑んだ20年前の私はなんと無知で無謀だったことか……」と。

一方、かつて早苗が認知症研究の一翼を担っていたにもかかわらず、母は認知症になった。その発症を防げなかったこと、いや、専門家ならば気付くべき小さなサインに目を向けようとしなかったことは心底悔やまれた。早朝に出かけた家人が深夜に帰宅するまでの間、母は1人誰とも言葉を交わさない日々が早苗の大学卒業後何十年も続いていた。このような母の生活をもっと早い段階で変える努力をしていれば、結果は違っていたかもしれない。

発症前の母は常々「もし私が痴呆になったら、すぐに施設でも何処にでも入れてしまいなさい」と言っていた。さりとてそうできるはずもなく、親子3人薄氷を踏むような生活はしばらく続いた。この頃は母が奇行（説明のつかない行動）を起こすのは1日に1回程度だったので、早苗は父に母の見守りを頼んで外出もできた。

父は身体が思うように動かなくなっても認知症ではなかったので、椅子に座ったままできることであれば母の介護に協力的だった。仕事人間だった父もまた早苗と同様に、一つ屋根の下に暮らしながら自らの妻を何十年も1人ぼっちで放っておいたことを悔いていた。

しかし、いざ始めてみると早苗にとって両親の介護は苦行だった。毎日栄養のバランスを考えて、ガタガタの入れ歯でも嚙める3回の食事を作り両親に食べさせるだけでも想像以上の負担だった。早苗は徐々に疲弊し、自分の食事はまとめ買いをしておいた菓子パンをかじって水道水で喉に流し込むようになった。その後は母を週2回入浴付きデイサービスに預けるようにして、その間に早苗が父の入浴と髭剃りを済ませる綱渡りが続いた。こうして、1日を無事に終えることが目標になり、それ以外のことは考えられなくなっていた。

数日ぶりの入浴後、さっぱりして良い気分になった父は早苗に下着を着せられながら詫びのような言葉を口にした。

「こんなことをするために医者になったわけじゃないのに……すまないなぁ」

早苗は父に靴下を履かせながら下を向いたまま答えた。

「風呂、ご飯、トイレ、誰が手伝っても同じだよ。家族はたまたま私だけ、私はたまたま医者というだけ。結果として、お父さんはたまたま医者におさんどんしてもらっている幸運な高齢者」

一方、父も早苗の皮肉っぽい言動に呼応するように溜まったストレスを吐き出すことがあった。

「あぁー、焼き鳥食べてぇなー」

食事中にお粥を口に運びながら父が言った。カチンときた早苗は早口でまくし立てた。

「歯茎が痩せて入れ歯がガタガタなんだから焼き鳥なんて食べられないですよ。それでも食べたけりゃ、入れ歯外して土手噛み（食べ物を歯茎で嚙むこと）の練習するんだね」

「アンタは冷たい娘だねぇ」

父はそう言って食べるのを止めてしまった。

「もう食べないの？」

「いらない。味が薄すぎるから」

「あぁ、そう」

早苗は食器を乱暴に下げて流しに運び、食べ残しを投げつけるように捨てた。1時間後、早苗はケアマネージャーに電話をして父のために訪問歯科の予約を入れた。

ある朝、母をトイレに連れて行くと膣から少量の鮮血が垂れて便器に落ちた。母を仰向けに寝かせて患部の視診と触診を試みたところ、とどく範囲では粘膜に傷や潰瘍などの異常所見はなく、おそらく子宮頸部より奥に病変があるものと推察された。80歳を過ぎて不正出血がある場合、最初に考えられる病気はただ一つである。

早苗は父に言った。

「お母さん、子宮癌だと思う」

父は組んでいた脚を戻して身を乗り出すようにして訊いた。

「すごく悪いのか？」

早苗は首を横に振って答えた。

「癌はまだ小さいと思うよ、歳をとると癌の成長も遅くなるから」

「それじゃ、早く病院に連れて行って手術してもらわなくちゃならないな。がん保険に入っていて良かった」

慌てて先に進もうとする父をなだめるように、早苗は改めて首を横に振って言った。

「お父さんよく聞いて、お母さんはかなり進んだ認知症なんだよ。病気の説明を理解できるとは思えない。そのお母さんを婦人科の診察台に乗せて経膣プローブで子宮内診なんてしたらどんなことが起きるかわかる？　お母さんは痛みを伴う検査の意味なんてわかんないから、必死にその痛みから逃れようと動物のように暴れちゃう。そんなお母さんの太ももを押さえつけなくちゃならないんだよ。それはあまりにも惨すぎて、可哀そうすぎて、とても私にはできない」

父は宙を見つめて呆然としていたが、やがて眉間にしわを寄せて言った。

「でも、癌を治療しなかったら死んじゃうんだろ？」

早苗は父が理解してくれることを祈るような気持ちを込めて、自分の考えを話し始めた。

「認知症の終点まで行き着く前に癌で途中下車できたら、それも悪くないと私は思っているよ。とにかく、お母さんが嫌がるようなことはできるだけしたくない。婦人科の診察を無理やり受けさせるのは反対よ。癌という病理診断がないと、がん保険の保険金をもらえないことはよくわかってる。だけど、それでもいいと私は思う。自分のエゴかもしれないけど、私は保険金よりお母さんの人間としての尊厳を守りたい。今のところ発熱もないし、貧血もない。このままそっとしておけば、あと数年は生きられるかもしれない。お母さんの余命は自然に任せようよ。万一、癌が悪化して苦しむようなことが起こったら、その苦しみを取り除いて楽にしてあげればいいじゃない？」

それが、数百人の患者の死と向き合ってきた早苗の結論だった。もし、母が認知症でなかったら別の結論になっていた可能性は大きい。早苗自身も、これが悪夢ならば覚めて欲しいと何度も願った。

早苗の言葉に耳を傾ける父の不思議そうな表情に悲哀の影が徐々に差して、現実を受け入れたことを物語っていた。父は再び脚を組んで椅子の背に寄りかかると、微かな笑みを浮かべて言った。

「医者は命を助けるのが仕事のはずだろう？　なのに、その口から『自然に任せよう』という言葉が出るとは驚きだ。僕は今の今まで癌は早期発見・早期治療が正しいと信じてきたが、歳をとるとそうじゃない場合もあるってことか……。皮肉なもんだなぁ、僕と一緒に僕の奥さんの分も、昭和50年からずっとがん保険の掛け金を払い続けてきたのに……無駄になっちゃった」

その後の数か月間、不正出血は見られず、母の身体状態は安定していた。1度、デイサービス施設から尿漏れ用パッドに血液がついていたと報告があった程度だった。一方、認知症の症状は確実に進行していた。見当識障害（時間や季節、場所など自己の存在を客観視する材料を失うこと）が重症化し、「家に帰る」と言っては徘徊するようになった。早苗は母の気持ちが治まるまで一緒に外を歩くべきだとわかってはいたが、1日に何回も家事を放り出して母に付き合う気になれず、外に出られないように門に鍵をかけて「ここが家だよ」と答えることの方が多くなった。

父は自力で歩くことが困難になり、脊柱が曲がって時には椅子から転げ落ちるようになった。身体が思うように動かないことを憂えては「うつ状態」となって歩く努力をしなくなる悪循環に陥っていたが、有難いことに美味しいものを美味しく嚙んで食べたいという意欲だけはあったので訪問歯科の診療を素直に受け入れてくれた。

ところが、待望の入れ歯（総義歯）はなかなか出来上がらなかった。先ず残根の抜歯だけでも内科のコンサルトを要し、抜歯窩の治癒を待った。その後、型取りをして上下顎の精密印象用トレーを作製、数回に分けて精密印象を取った型に合わせて総義歯の試作品を作り、口腔内に装着調整後にワックス部分をレジンに置き換えて完成する。若くて真面目な担当歯科医師が、この大学病院品質の製作工程を忠実に再現した結果、総義歯完成までに4か月を要した。

父はその4か月間に食事量が急激に減少して栄養状態が低下し、総義歯が完成した時には椅子に座っていることが難しくなり、ベッドに横になって1日を過ごすようになっていた。寝ている姿勢の時は危険なので義歯を装着することはできない。父は何か好きなものが食べたいという意欲すら示さなくなっていた。数週間後、早苗は父が以前贔屓にしていた店まで走って焼き鳥を買ってきた。

ベッドの上に乗り父の肩を抱き起して、早苗が言った。

「お父さん、焼き鳥買ってきたよ。入れ歯使って食べてみるかい？」

父は嬉しそうに頷き、早苗はピカピカの総義歯を父の口に入れた。しかし、著しく痩せてしまった父の顎堤の形は精密印象を取った時とは既に大きく変わっていた。下顎はガタガタと踊り、上顎は口を開けるとぱかっと落ちた。それでも早苗が焼き鳥のひとかけらを口に入れると、父は義歯をカタカタいわせてしばらく噛もうと努力していた。数十秒後、哀しそうに目を閉じてぼそりと言った。

「もう、いいや」
早苗は無言のまま父の口から上下の総義歯と焼き鳥を取り出した。得も言われぬ虚しさがこみ上げて、ただ父の背中を撫で続けた。

２００６年夏に登場したｉＰＳ細胞（ヤマナカファクターによって誘導された多能性幹細胞）は医学界に革命的進歩をもたらした。数年のうちに、ｉＰＳ細胞開発は様々な領域での治療や研究への応用を目指して、国を代表する規模の大きなプロジェクトとなった。

こうして、次々に発表されるｉＰＳ細胞関連の新情報を嬉々として伝えるニュースが流れても、早苗の目にはまったく別の世界の出来事のように映った。かつて科学の世界に身を置いていたにもかかわらず、関心を持つことすらなくなった。同じ頃、早苗の身体を心配したケアマネージャーが母を施設に入所させる提案をした。
「黒木さんはご両親のためによく頑張っていると思います。でも、介護は長く続く仕事ですから休むことも大事です。このままでは黒木さん自身の体力が持ちませんよ。せめてお母さんの徘徊を心配しなくて済むようになれば、夜は今より眠れるようになります」

両親が元気な頃に寝ていた和室には父の介護用ベッドを置き、隣のリビングのソファーベッドに母を寝かせ、早苗は母の足元の床に直に寝ていた。だから、熟睡できるとは夢のような話だった。ケアマネージャーからやつれたと言われて、早苗は久しぶりに体重計に乗ってみた。痩せるために減量していたわけでもないのに、体重がいつの間にか4キロほど減っていた。今、自分の身に万が一のことがあったら両親の介護どころではなくなる。

早苗は母を施設に入所させることにした。特養（特別養護老人ホーム）への入所は順番待ちの状態だったので、近年流行り出したゼネコン経営の老健（介護老人保健施設）に入所を決めた。ケアマネージャーが早苗に訊いた。

「オープンしてからまだ1年目できれいですよ。黒木さん、事前見学に行きますか?」

「いいえ、行きません」

「えっ、見ないで決めちゃっていいんですか?」

驚いてそう尋ねたケアマネージャーに向かって、早苗は答えた。

「施設の良し悪しは設備とかをちょっと見せてもらったくらいではわかりません。すべては設備よりも人間、つまり母の面倒を見てくれる介護スタッフの力量にかかっています。家族や他の人の目が届かないところでも態度を変えることなく認知症の母のために親身になってくれる誠実なスタッフが1人でもいてくれたら、運がいい方だと私は思っていますから」

「なるほど、その通りかもしれませんね」

　ケアマネージャーは思い当る節があるかのように深く頷いた。

　入所の前日、母の洋服、下着、靴下の一つ一つに油性ペンで名前を書く早苗の手は止まりがちだった。気持ちがどん底まで落ち込んで、呼吸が浅く苦しさを感じるほどだった。

　当日は母にレースのブラウスを着せて施設に向かった。丁度食事時で、施設の食堂は混雑していた。自力でこぼさずに食べられる利用者は少なく、1人のスタッフが4～5人の利用者の口に食事を入れていた。母はいつもと違う何かを感じたらしく、誰に話しかけるでもなく自らを鼓舞するような発言を繰り返していた。

「ワタシはね、皆さんを教えに来たんです！　立派に……できます！　そうです！」

　早苗が別れを告げようとしても、母には聞こえていないようだった。

『姥捨て山……』という言葉が早苗の脳裏を過った。もし今ここでいつもの『帰ろうよぉ』を母が口にしたら、早苗は間違いなく母を連れて帰っただろう。しかし、母は興奮気味になっており、宙に向かって議論を挑むように頓珍漢《とんちんかん》なことをしゃべり続けていた。人格が消えつつある母の精一杯の自己防衛なのだろうと思われた。

早苗の手から母の身の回り品を受け取りながらスタッフが言った。

「娘さんの携帯電話の番号も書いていただけます?」

早苗は少し困惑して答えた。

「持っていません。父の世話がありますから、必ず家にいます。買い物に出ても1時間以上家を空けることはありませんからケータイは持っていないんです。緊急連絡は家の電話にお願いします」

「そうですか、わかりました」

こうして、早苗はその場から逃げるように施設を後にした。


父が母のことを心配するので、早苗はほぼ1日おきに施設を訪問した。帰宅後に母の様子を報告すると、父はそれを待っていたように何度も頷くのだった。認知症の母の介護から物理的に解放されて当座の負担は軽くなったものの、既に50歳を過ぎている早苗は父の介護の比重が日々増していくことに恐怖を感じ始めていた。父は母よりも体格が大きいので、抱き起こすだけでも一苦労だった。キャスター付きの椅子を車いす代わりに使って風呂やトイレに移動を試みたが、浴槽の出入りや便座の立ち座りの度に父を抱く早苗の全身の関節と筋肉が悲鳴を上げた。父に怪我をさせてしまってからでは遅いので、入浴サービスを申し込み、トイレに間に合わなくてもよいようにリハビリパンツを使うことにした。

　父の身体が衰えるスピードをできるだけ遅らせようと考えた早苗はベッドのリクライニング機能を使わなかった。食事の時には父の肩を抱き起こしてベッドの柵につかまらせ、足裏が畳に触れる感覚を忘れないように足を床に下ろして座位をとらせた（端坐位）。また、訪問マッサージや在宅リハビリを積極的に利用した。しかし、良くも悪くも父の身体に最も影響したのはメンタルだった。早苗が必死になって介護に没頭するほど、父はうつ状態になって「もう死にたい」と言い出すのだった。


　母が老健に入所して数か月が過ぎた頃、早苗は施設を訪ねた時に看護師長から母の不正出血を指摘された。

「排尿時に膣から出血することがあります。1度、婦人科の診察を受けていただいた方がいいと思います」

　早苗は看護師長が診察を受けるよう安易に促したことに対して強く反発した。

『看護師ならば、認知症の高齢女性に婦人科の内診を行うことの困難さを知っているはずなのに、どうしてそんなに冷たいことが言えるのだろう』

　しかし同時に、自分が施設側の組織の一員だったら同じことを言ったかもしれないとも思った。それは、かつて医療側にいた早苗が医療を受ける側になった「立場の逆転」をはっきりと自覚した決定的場面だった。

早苗は平静を保つよう心して言った。

「私も出血の原因は悪性腫瘍だろうと思っています。幸いなことに進行が大変ゆっくりで軽度の出血以外に症状はなく、本人には病識がありません。できるだけ治療はせずにこのまま母を見守りたいと考えています。ですから専門医の診断が必要とは思いませんん。検査のために病院に行くと、延々と各科を回らせられて、そのたびに長く待たされて、本当に大変なんですよ。おまけに婦人科の内診なんて……。必要と思わないのに母を病院に連れて行くことはできません」

患者を待たせる側にいる看護師の視線は冷たかった。早苗は一呼吸おいてから続けて言った。

「仮に百歩譲って診察を受けたとして癌の診断が出たら、ここでは何が変わるのですか？　カルテに記載されるだけですよね。それとも、この施設では具体的に扱いが変わるのですか？」

看護師長は困惑の表情を浮かべて答えた。

「特には変わりません」

「癌の診断があってもなくても対応に変わりないのなら、本人と家族が望んでないのに何のために診察を受けろとおっしゃるのですか？」

早苗がそう訊くと、看護師長は厳かに言った。

「私どもにはお母様にご利用いただいている責任がありますから……」

このような場面で「責任」を軽々しく口にする人間はこの言葉の持つ本当の重さを深くは考えていないものだ。医療現場でその種の人々をたくさん見てきた早苗は少し引きつった笑みを浮かべて言った。

「私はスタッフの皆さんに母の不正出血の責任を取れなんて言いませんよ、何故なら、今申し上げたように母が癌であることは承知しているからです。あなた方はそれでも認知症の母を検査のために病院に連れていけとおっしゃる。そして、母に対する介護の内容は診断に左右されることなく変わらないともおっしゃる。なんか変な話だと思いませんか？」

数秒間の沈黙の後、看護師長は早苗から視線を逸らせた。そして、意外な言葉を口にした。

「そうかもしれませんね。私の母は肝癌で亡くなりました。母も治療を嫌って病院から帰りたがっていました」

その後の数か月間は平穏な日々が続いた。早苗はゼリーやジュースを持って施設の母を訪問し2時間ほど一緒に過ごした。母は早苗のことを自分の娘だと認識することもあったが、忘れていることの方が多かった。それでも母が早苗を特別に大好きであることは、嬉しそうな目の輝きを見れば会話はなくてもよくわかった。ベッドに2人並んで座りお菓子を食べ、ひらがなを読んで遊ぶ程度の原始的なコミュニケーションであっても、母の喜ぶ顔は早苗にとって唯一の救いだった。それは、人格が消えていく母をなすすべなく見守る娘の切なさと表裏一体であった。

その日、いつものように早苗が母の居室に入ると、母はベッドに横たわって唸っていた。早苗がベッドに駆け寄ろうとした時、介護スタッフの1人が部屋に入ってきて言った。

「黒木さん、お母様は朝から腰が痛いとおっしゃって、先ほどドクターが診て、腰にシップ剤を貼るよう指示されたところです」

母は家でも腰痛を訴えたことはない。違和感を持った早苗は荷物を下ろして上着を脱ぎ、カットソーの袖を肘まで上げながら横を向いて寝ている母の後ろに回った。

「お母さん、腰が痛いんだって？」

「うーん」

母は目を閉じたまま唸った。早苗は背中から腰のあたりをそっとさすった。そして、腰から大腿に手を当てた時、臀筋の過緊張がリハビリパンツの上からでもわかった。鼻を近づけると僅かに便臭を感じた。早苗はすぐに母のパンツを下げた。そこには石のように固くなった便の大きな塊が肛門を強く押し広げていた。1センチメートルほど開いた肛門の皮膚は紙のように菲薄化《ひはくか》して見るからに痛々しい状態だった。

「可哀そうに……、これじゃ痛かったよね」

母の耳元に口を寄せて、早苗はそう囁いた。

それから、『やぶ医者めっ！　何がシップだとっ！　どこ診てんだよ』と怒鳴りたい気持ちを抑えて、早苗は呆然と立ちすくんでいるスタッフに向かって言った。

「医療用の手袋とお湯で温めたタオルを貸してください。それからベッド用のビニールシート、ワセリン、ロングノズルのグリセリン浣腸液、おしりふきを用意してください。ここで摘便します」

早苗は母を横臥位（横向き）に寝かせて、スタッフに母の腹部を圧迫してもらいながら直腸に指を入れて便を掻きだした。1キログラムを超える大量の便が取り出されると、母が「ふぅ」と気分よさそうに深く息を吐いた。

そこへ若い看護師が駆け付けて言った。

「黒木さん、摘便は医療行為ですから私たちにお任せください」

早苗は母のお尻を丁寧に拭きながら応えた。

「お任せくださいって言ったたって、皆さんが放置したからこうなったんでしょ。それに、摘便は家族ならば医療行為の資格がなくても行うことができるはずです。ところで、さっき母にシップ剤を処方した医者をここへ呼んでください。話したいことがあります」

早苗は自分が医師であることを看護師に告げなかった。特に理由があったわけではないが、母の世話を施設に任せている負い目がそうさせたのかもしれない。

看護師は渋面を作って言った。

「申し訳ないのですが、ドクターは午後5時でお帰りになりました」

時計を見上げると、針は5時10分を指していた。ため息をついた早苗は看護師に向き直って訊いた。

「この施設の医者は1人だけ？　他にいないの？」

「施設長の森先生は医師です」

「では、施設長にお伝えください。お話したいことがあるのでお部屋に伺います」

「はい」

事務のスタッフに案内されて1階の施設長室に入ると、60代後半と思われる恰幅の良い男性が革張りの椅子に座ってこちらを見ていた。早苗が挨拶をしようとした途端に、森施設長は早苗を立たせたまま勢いよくしゃべり始めた。どうやら早苗のことを敵とみなしているようだ。

「アンタはお母さんの受診を勧めた看護師長に屁理屈を言ってごねたり、今日は勝手に摘便したそうじゃないか。もしかして看護師か？　まさか医者じゃないだろうな」

森は椅子の背に寄りかかって早苗をにらみつけた。

「私は医師ですが、なぜ、『まさか』がつくのですか？」

早苗がそう答えると、森は鼻で笑って言った。

「ドクターは自分じゃ摘便しないよ。あれは看護師の仕事だ。とにかく、アンタが医者とは信じられないね。こないだも、別の利用者の娘で臨床心理士とか名乗っていた女が医者気取りで処方薬の風邪薬を持ってきて親に飲ませようとしたからつまみ出してやった」

森は予想以上に手ごわかった。早苗は相手のプライドを傷つけないように気をつけて言った。

「風邪薬を持ち込んだその人はこの施設の医者が信用できないと思ったから薬を用意したのだと思いますよ。今日、その医者は便秘で苦しんでいる私の母に関節痛用のシップ剤を処方しました。実際は硬くなった便が原因で痛がっていたもので、摘便が必要な状態でした。森先生はそんなレベルの医者に利用者の診療を任せておいて大丈夫とは思っていらっしゃらないはずです。ちなみに私は病理医です……もう辞めましたから『でした』ですけど」

するとと森は苦笑いして、顎を撫でながら言った。

「あぁ、その医者はもう歳でね、役には立たないよ。ただ書類上必要な人員としているだけさ」

それから、森は自身が病理医よりもはるかに上等な人間だと言わんばかりに続けた。

「私はおととしまで都立病院の外科医をしていた。老健の施設長なんて気は進まなかったが、どうしてもと頼まれて引き受けたんだ。ここでは介護保険で入所した利用者に健康保険は使えないから、投薬や点滴の費用は施設予算から持ち出しだ。おかげで薬は全部ジェネリックだよ。薬品名を調べるだけでも大変な手間だ。私はこんなつまらんことをやりくりしなくちゃならんのだよ。だから、アンタも屁理屈言ったり勝手なことをしたりしないでもらいたい。おとなしくお母さんを婦人科に連れて行って診察を受けてきなさい。出血の原因を突き止めて、病名をはっきりさせるべきだ」

「その必要はないと思います」

早苗がそう答えると、森は険しい表情になって言った。

「そんなことを言うのは無責任だ！　診断が必要ないなんて、そういうのを無責任と言うんだ！」

　早苗はこの発言を聞きながらぼんやりとした既視感を覚えた。それは、先輩の加藤が亡くなる前に話していた外科医時代の出来事だった。加藤は治療を望まない高齢の末期癌患者の手術に反対して、上司から「無責任」の誹《そし》りを受けたと言っていた。目の前にいる森は、あの時の加藤の上司と同じ思考回路の持ち主らしい。加藤は20年以上も前に「自然に死ぬ権利」を尊重しようとした。早苗には当時の加藤の心情がよくわかるような気がした。人には医療を受ける権利と同時に受けないという選択肢もあるのだ。それを、上から目線の森にわかってもらうにはどうしたらよいものかと早苗は思案した。

　ふと我に返ると、森はまくし立て続けていた。

「アンタのお母さんの出血の原因は炎症によるものかもしれないし、突然大量出血を起こすかもしれないじゃないか。病名を知らなきゃ対処できない！」

　早苗は冷静に反論した。

「出血の量と頻度は小康状態で貧血はありません。また、感染症を疑う症状はありませんし、急性炎症のサインも出ていません。万が一大量出血が起きた場合の緊急止血処置は病名を知らなくてもやるべきことは一緒のはずです」

　森は早苗をにらみつけたが無言だった。早苗は続けた。

「私もそちら側にいた人間ですから森先生のおっしゃることはよくわかります。医療に携わる者は、第一に検診・検査を行って患者の病気の本質を明らかにして病名を知ろうとするものです。これは治療を前提とした医療人の宿命みたいなものです。でも、ここは病院ではありません。老健です。老健の目的は利用者のＡＤＬ（日常生活動作）を維持・向上させることです」

「そんなことはアンタに言われなくてもわかっている。私を誰だと思って……」

早苗は森の言葉を遮るようにして結論を言い放った。

「森先生はこの施設の最高管理者として母の病名を把握したいだけのように見えます。森先生の『知りたい欲求』を満足させるための受診なら、母にとっては無意味です。私は母のＱＯＬ（人生や生活の質）を優先したいと思います。病気をかかえていても日々の生活を大切に生きているお年寄りを見守るのも医療の役割ではありませんか？」

早苗は森の主張を「医者のエゴ」であると言いたかったのだが、何とか踏みとどまった。しかし、森の憤慨は十分頂点に達していた。彼はデスクの上にあったボールペンを書類の山に力いっぱい突き立てて言った。

「アンタのわがままは認められない。私のやり方が気に入らないのなら、さっさと母親を連れてこの施設から出て行きなさい」

森がいきなり最後のカードを切ってきたので、不意を突かれた早苗はたじろいだ。ほぼ寝たきりになった父の介護と目が離せない母の世話が現実の問題として早苗の頭の中を漂い始めた。すると、森は早苗の困惑顔を楽しむように続けて言った。

「そんなに偉そうなことを言うなら、連れて帰って自分で面倒見ればいいじゃないか。昨日テレビのドキュメンタリー番組で、車いすの奥さんが認知症の旦那さんの世話をしている老々介護の話を放送していた。アンタは親よりは若いし五体満足なんだから、ずっとましなことができるだろうよ」


翌日、早苗は母の退所手続きをとった。もう二度とここへは来たくなかったので、母の荷物を着払いで送ってもらうように事務スタッフに頼んだ。母は入所時よりも足が弱って1人では歩行が難しくなっていたが、早苗が両手を摑んでゆっくり引くと何とか歩くことができた。玄関で母に靴を履かせていると、リハビリスタッフの女性が早苗と母を追って走ってきた。

「黒木さーん、理学療法士の里中《さとなか》と申します」

早苗は母を椅子に座らせてから向き直って会釈した。すると里中は周囲を気にするように見まわして小声で言った。

「黒木さん、ここは老健なのにお母さんのＡＤＬを結果的に入所時よりも低下させてしまってすみませんでした。お母さんは不正出血があるので運動は一切禁忌と施設長がおっしゃって、リハビリをさせてくれなかったんです。少しくらい出血があっても身体を動かさないと動けなくなってしまうと言って反対したのですが、お医者さんは『責任があるから』と言って聞き入れてくれませんでした。責任って何なんでしょうね……悔しいです。こんなことになって本当にごめんなさい」

里中はそう言って頭を下げた。利用者の生活の質を第一に考えて母のために闘ってくれたスタッフがここにちゃんといた……、そう思うと早苗は救われたような気がして嬉しかった。思いがけず血の通った温かい言葉をかけられて胸がいっぱいになってしまった早苗は「ありがとう」の一言しか返すことができなかった。

その後の約2年間、早苗は両親の介護に再び埋没した。母の認知症はさらに進行して排泄のやり方もわからなくなっているので部屋を汚すようになり、小銭やボタンを口に入れることもあって、デイサービスに行かない日は早苗が見張っていなければならなかった。実際、早苗はケアマネージャーに「母を外から鍵のかかる部屋に閉じ込めてしまいたい」と言っては力なく笑った。ただ、病状の進行に伴ってADLが衰えるにつれて、この悪夢のような状況も徐々に変化した。母は徘徊するよりもおとなしく座っている時間が次第に長くなり、皮肉なことに、介護する側にとっては楽になった。

一方、寝たきり状態の父は早苗が心身ともに限界に近いことを察してわがままを言わなくなり、ケアマネージャーの説得に従って以前は嫌がっていたショートステイに2週おきに1週間ほど行ってくれるようになった。こうして何日かに1度、早苗は1人になれる時間ができて、食料品や日用品の買い出しに行くことができた。

1日に3回、父の身体を起こして端坐位をとらせ、体調が良さそうな時には手すりにつかまらせて父の腰を後ろから引っ張り上げて立位に挑戦した。そうすることを早苗は自分に課していた。在宅リハビリのスタッフから「寝たきりのお父さんの筋力をここまで維持できているのはすごいことです。普通はここまでできませんよ」と言われると、早苗はご褒美を貰ったように誇らしかった。

しかし、早苗の頑張りが利いたのもここまでだった。父の身体の衰えは徐々に加速し、座位を維持することさえ自力ではできなくなった。せめて食事は上半身を立てた状態で食べさせたいと考えた早苗は父を抱き起こして端坐位をとらせ、自分もベッドに乗って父の後ろに座った。そうすれば自分の両脚で挟むようにして父の骨盤を立てることができるからだ。父の身体が倒れないように左手で支えながら残った右手を回してスプーンで父の口に食べ物を運んでやった。

「知らない人がこの姿を見たらびっくりするだろうね。まるで二人羽織りみたいだもん」

早苗がそう言うと、父は頷いて答えるのだった。

「でも、美味しいよ、ありがとう」


食べられる量が急激に減って明らかなカヘキシー（脱水と栄養失調状態）になり、父の身体は日に日に痩せ衰えていった。褥瘡を防止する効果のあるエアーマットレスに変えても、乾いて弾力性を失った皮膚が擦れて変色しだしていた。背部の負荷を軽くするために早苗は小さなクッションを父の背中と腰に当ててやった。1日の大半を眠り続けるようになった父の様子を見に来たケアマネージャーが早苗に訊ねた。

「経口摂取ができなくなりつつありますね。そろそろ胃ろうか中心静脈栄養とか考える時期に来ていると思いますが、どうされますか？」

そう言われて改めて父の全身を客観的に観察した早苗は自分が本当は父の衰弱を見ようとしていなかったことに気付いた。髭剃りをしている時に酷くこけた頬を何とも思わず、肉が落ちて骨の形がむき出しになった臀部を見てもオムツを手際よく処理することに集中していた。息をしているのが奇跡のような目の前の現実に早苗は初めて心の底から動揺した。

『あぁ、お父さんは死を生きている』

医療経験があるからこそ介護に没頭し、それを口実に向き合うことを避けてきた「この先の道のり」が鮮明に浮かび上がった。

『お父さん、ごめんね』

これまで抑えつけてきたあらゆる感情が突然噴き出して涙が止めどなく流れた。ケアマネージャーが早苗の肩を抱いて言った。

「こんなふうに娘さんに世話してもらえるお父さんは幸せだと思いますよ。早苗さんはここまでよく頑張りました」

早苗は涙を拭って、少し恥ずかしそうに笑みを浮かべて応えた。

「私は取り乱すようなことはないと思っていたのに不覚でした。病院や施設ではなく、住み慣れた家で最期を迎えさせてあげたいって偉そうに言っていましたけど、本当はこの介護地獄から一刻も早く解放されたいと考えていました。父に申し訳なかった……」

「胃ろうは？」

ケアマネージャーの問いに、早苗は隣のリビングにいる母を1度見やってから首を横に振って答えた。

「胃ろうはしません。なるべく自然のまま……」

そこへ、リビングのテレビの前に座っていた母が手すりを伝いながら入ってきた。早苗は頬を伝った涙を拭いて、母に向かって大袈裟に笑顔を作った。それは、母が早苗の泣き顔に鋭く反応してパニックを起こすからだった。

母は深夜でも家の中をウロウロしていたが、運動能力の低下に伴って、朝まで眠ってくれることが多くなった。母が自由に動き回らなくなったおかげで、見守りはまた少し楽になった。そして、幸いにも癌の進行を思わせるような症状は見られなかった。しかし、1回でも尿が漏れてしまうと夜中に着替えが必要になることも多く、早苗の疲労は回復することなく翌朝を迎える生活が続いていた。

そんな中、母の世話を済ませた早苗が夜明け近くになって横になると、隣の和室から声が聞こえた。このまま眠ってしまいたい気持ちと数十秒間闘って克服できないまま、早苗はヨタヨタと立ち上がって和室に行った。介護ベッドの傍らに立ち、早苗はかすれた声で父に訊いた。

「私のこと呼んだ？」

すると父は少し驚いたように目を開けて言った。

「いや、呼ばないよ。今、久子《ひさこ》姉さんを待っているんだ。あの人は優しい姉でね……」

一刻も早く眠りたい早苗は無愛想な返事をした。

「久子さんってお父さんの1番上のお姉さんでしょ、たぶんもう生きてないと思うよ……おやすみ」

そして、翌日の夜明け前にも父は同じように声を出した。早苗はふらつきながら和室に行って、大きくため息をついてから言った。

「私のこと呼んだ？」

すると父はすぐに目を開いて答えた。

「いや、呼ばないよ。今、お袋さんが来てくれたから……」

何かを考えているらしく2度ほど瞬きをした父は、息の音の中に混在する揺らぐ声で続けて言った。

「あぁ、夢を見たらしいな、お袋さんは死んだんだっけ。えーと、あれは昭和36年だったかなぁ……」

早苗はもう1度ため息をついて掛け布団を直しながら言った。

「お父さん、お父さんがあっちに行ったらまた会えるよ……おやすみ」

さらにその翌日の深夜、母を寝かせて目を閉じると同時に早苗は泥のように眠っていた。間もなく夜が明けようとする頃、早苗の耳にひときわ大きな父の声が聞こえた。早苗はまどろみの中で思った。

『あんなに衰弱しているのに結構な声が出るもんだ。でも、私、もう起きれないよ。お父さんがもう1度呼んだら行くから………』

そして、再び眠りに落ちた。


早苗が目覚めた時、外は薄明るくなっていた。和室の扉を開けながら、暗い室内に向かって早苗はいつものように声を掛けた。

「お父さん、おはよう。雨戸開けるよ」

返事はなかった。

記憶の中にある夜明け前の鋭い一声が早苗の心に突き刺さった。

『あれは何時間前のことだったんだろう?』

眠りと覚醒の狭間で耳にした普段と違う父の声が何度も何度も頭の中を駆け巡った。そして、早苗は父が旅立ったことを直感した。裸足の爪先に力を入れて畳を踏みしめるようにして、早苗はベッドの傍らに立った。

父の胸の上30センチメートルほどの高さの位置には、拳大のマスコットぬいぐるみがぶら下がっている。それは、父が横になったまま何時でも点灯できるようにスイッチの紐の先に早苗が結び付けたものだった。早苗は紐を引いて和室の明かりを点けた。

父の顔は白く、しっとりと冷たくなっていた。

「お父さん！　お父さん！」

早苗は父の耳元に口を近づけて大きな声で呼びかけながら処置の邪魔になる点灯用紐のマスコットを取り外し、機械的にバイタルサインをチェックした。父の瞳孔は直径4ミリメートルほどで光に反応せず、脈は触れず、呼吸も止まっていた。次に早苗は父の口を開けて喉の奥に溜まっていた3ミリリットルほどの唾液と痰を取り除いた。それから、胸骨の上に両手を重ね当てて心マッサージを開始しようとした。最初の圧迫で胸を強く押すと、父の体内の空気がゴボッと押し出される音がした。その音はそこはかとなく無機的で、父の身体が既に死体であることを物語っていた。

我に返った早苗は心マッサージを止めた。

布団の中の身体はまだ温かく、顎関節の硬直も始まっていないことから推測すると死後2時間以内と思われた。早苗は声に出して言った。

「私ずっと頑張ってきたのに、こんなタイミングで勝手に逝っちゃうなんて、お父さんずるいよ」

父の顔は穏やかだった。早苗は父の心の声を聞こうとして目を閉じた。神経を研ぎ澄ますようにして待ってみたが、何も感じとることができなかった。かつて病理医として剖検に臨んだ時には、亡くなった患者の周囲に残り香のように漂う心の軌跡を何度も受け止めてきたのに、父が最後に何を言おうとしたのかを知ることはできなかった。生き続けることへの執着をなくしていた父は、生前の「もう死にたい」との言葉通り一気に天に昇ってしまったのだろうか。

早苗はもう1度声に出して言った。

「お父さん、あの声は今度こそ私を呼んでいたんだね。『今旅立つ』って私に知らせようとしたんでしょ、それなのに私、起きれなくてゴメン、本当にごめんなさい」

こうして父は91歳で他界した。

早苗は現役時代に呼吸器科の牧野朋子と居酒屋で交わした会話を思い出していた。多数の高齢患者を診てきた朋子は80代後半に「余命の分水嶺」があると話していた。そこを無事越えられた人は、きっと100歳までも生きることができる。これといって持病のなかった父はもっと生きられたはずである。その生物学的優位性を自ら放棄して、父は時間と空間の揺らぎの中に身を委ねた。

『そうさせてしまったのは私だ』

早苗は心に鈍い痛みを感じていた。

死亡確認をしてくれた近所のかかりつけ医が死亡診断書を書いた。死因の欄には

「老衰」と記されていた。葬儀は大手業者ではなく葬祭サポートセンターで紹介してもらった地元の小さな葬儀屋に頼むことにした。その日のうちに玄関に現れた葬儀屋の社長は小柄な女性だった。年齢的には早苗と同世代の50代後半に見えたが、横顔の上品な美しさが印象的な人物だった。

「葬儀場は使わずに、この家から送り出してあげたいと思っています」

早苗がそう言うと、葬儀屋は少し微笑んで答えた。

「娘さんにそう言ってもらえて、お父さんはきっと喜んでいますよ」

葬儀屋の話し声は耳に心地よく優しい響きを含んでいた。早苗はその声を以前にも聞いたことがあるような感覚を持ったが、葬儀の準備に追われて深く考えることはしなかった。

親戚が3人、父の友人が1人、そして早苗と母が肩を寄せ合う静かな葬儀だった。火葬場に向かう前、棺の中の父は沢山の花に包まれていた。早苗は昨夜のうちに買っておいた焼き鳥を紙袋に入れて父の右腕近くにそっと置いた。

数日後、葬儀代金を受け取りに来た葬儀屋の社長が父の遺骨に線香をあげて向き直ると言った。

「何かお困りのこととかありましたら、遠慮なくおっしゃってください」

早苗は右手で左手の甲を摩《さす》りながら言った。

「実は位牌のことなんですが、戒名がないと位牌は作れないものなのですか？」

葬儀屋は首を横に振って答えた。

「そんなことありませんよ。評判のいい仏壇屋さんを紹介しますから相談してみてください。相談したからと言ってそこで買う必要はありませんから、お気軽に訊いてみたらいいでしょう。ところで、お母さんはいかがなさっていますか？」

「おかげさまで体調に変わりなく、今、デイサービスに行っています。認知症の母は父の死を理解していないようで、私としては救われています。でも、３人家族の１人がいなくなった喪失感を母と慰め合うことができないのは寂しいですね」

早苗の答えに頷いた葬儀屋は鞄から書類を出しながら言った。

「人は生まれた瞬間に寿命が決まっていると言いますが、お父さんは戦争を生き抜いてこれまで頑張ってこられた……強運の持ち主かもしれませんね。そして、運よりもっと大切なのは、お父さんと娘さんが人生の一時期を共有したことなんですよ」

葬儀屋は父の遺影に目を移して話を続けた。

「これ、実は私の言葉ではなくて、昔、ある剖検医の先生から教えてもらったことなんです」

早苗が剖検医という言葉に反応して顔をあげると、葬儀屋は遠い記憶に思いを馳せるような表情を浮かべて言った。

「あれは昭和50年代の終わり頃でした。今から30年ほど昔だったと思います。私は大手の葬儀社で働き始めたばかりで、大学病院で初めて幼い女の子の納棺をした時のことでした。剖検を担当した病理の女医さんと霊安室の外階段で話したことが、今の仕事の基となっているんです」

『この人とは会ったことがある』早苗は確信した。改めて手元の名刺を見ると「南沢真美子」と記されていた。

「クルミちゃん……」

早苗が呟いたその名前を聞いた南沢真美子は目を大きく見開いて早苗の顔を注視した。数秒後、彼女は心の底から嬉しそうに言った。

「あぁ、やっぱりそうだ。あの時の病理の先生ですよね。実は最初にお会いした時からそんな気がしていたんです。でも、何十年も前のことですから、なかなか言い出せなくて……。先生もクルミちゃんのこと、覚えていらしたんですね」

早苗も笑顔になって答えた。

「ええ、その後何百例も剖検を担当しましたが、クルミちゃんのことは忘れていません。あの夜、小児科の担当医や病理の仲間がクルミちゃんとご両親のために協力してくれたことはよく覚えています。それから、南沢さんと2人でクルミちゃんにお洋服を着せてあげたことや語り合ったことも……。みんな若くてがむしゃらに頑張っていた良い時代でした」

　早苗の脳裏に青春の躍動感が甦った。回想の心地良さを少し味わってから早苗は続けた。

「それで、南沢さんは独立なさったんですね」

「はい、先生とお話ししてから、この仕事が天職のように思えてきましてね。ご家族が望まれる葬儀スタイルを独自に手作りする会社を始めたんです。いろんなご要望がありましてね、故人が赤い花が大好きだったのでたくさんの赤い花で送ってあげたいとおっしゃるご家族もいるんですよ。皆さんから良い葬儀だったと言っていただけるのが嬉しくて続けています」

「不思議な縁ですね。私もあの時南沢さんとお話ししたことで、病理が天職だと思えるように……」

　急に何か閃いたように話を止めた早苗は立ち上がって床の間に置いてあったスーパーの大きな袋を手に取って言った。

「そうだ、これを会社の皆さんに……」

　袋の中には30個ほどのゼリー飲料が入っていた。

「父が食べられなくなってからはこうゆう飲料に助けられました。今、若い人の間で流行っているらしいですね。カロリー、プロテイン、ビタミン類とか色々あります。父のために買ってみてわかったんですが、1日に3～5本として数日分買うと結構な重量になるし値段も張ります。それでも父の命綱みたいなものでしたから、飲ませる分が足りなくなったらいけないと思って、亡くなる前日にもこんなに買って………私ったら、バカみたい……」

唐突に感情がこみ上げて言葉が途切れた。父の死を悲しいとは感じていないのに、涙が止めどなく溢れ出た。父が亡くなってから初めて早苗は泣いた。肩を震わせる早苗を南沢真美子はただ静かに見守っていた。

数分後、落ち着きを取り戻した早苗は1度大きく息を吐いてから言った。

「介護に一生懸命になり過ぎていたのかもしれません。頭の中は父と母の世話のタイムテーブルで何時もいっぱいで、それ以外のことは考えられませんでした。3月の東日本大震災の酷い揺れを経験してからは、もし直下型の大地震に襲われたとしたら、私1人で両親を避難させるなんて無理だから、『ここに籠城だ』とか。そんなことばかり心配して」

早苗はティッシュの箱を引き寄せながら続けて言った。

「毎日、テレビは点けていても見ているわけではないので、世間でどんな音楽が流行っているのかさえ知りませんでした。今はただ、もっと父の話し相手になって笑顔を見せてあげればよかったと思います。　私は父が1番欲していたことをしてあげなかった……」

後悔が滲む早苗の呟きを受けて南沢真美子が慰めの言葉を口にした。

「お医者の娘さんに世話をしてもらったお父さんは幸せですよ」

早苗は手に取ったティッシュで涙と鼻水を拭って答えた。

「ありがとうございます。私もこれでよかったと納得したいのですが、どうしても考えてしまうんです。父の最後の声が聞こえた時に私がすぐ起きて駆けつけていたら一時的にせよ蘇生できた可能性は高い。一方、父の意志を尊重して蘇生処置をしなかったとしたら、目の前で息絶えていく父を看取ることは耐え難い苦しみだったと思います」

早苗はティッシュを屑籠に投げ込んで、続けて言った。

「医者なんだから立派に受け止められるはずだと思っていたのに、人間って意外に脆い。あの日、心のどこかで父の最期だとわかっていながら私は眠りに落ちた。私は自分を疑っています、逃げたかったのかもしれないと……」

人命を救い延命に注力する医学教育を受けた早苗は、患者が終末期を迎えた時の臨床医は治療を待っている他の患者の方を向かざるを得ないことを知っていた。そして、病理医として多くの死に立ち会った経験から、医療人の理想は延命のみならず

「命の終わり方」に真摯に取り組むことであると考えてきた。にもかかわらず、早苗は隣の部屋で寝ていて父の臨終に間に合わなかった。その失態に幾ばくかの罪悪感と安堵感を抱いていたのだ。この一見矛盾する感情の底流には成長期の娘が仕事人間の父に対して抱いた依存と軽蔑の繰り返しがあった。それは幼少期に受けた体罰に始まり思春期の反抗と父娘冷戦そして現在の寛容に至る愛憎の歴史を映していた。

南沢真美子は葬儀代金を受け取り、ゼリー飲料の袋を提げて帰っていった。

後日、紹介された都内の仏壇屋に問い合わせると桑野《くわの》という人物が電話口に出て、最近は宗派にとらわれずに仏具をそろえる人が多いことを丁寧に説明してくれた。そこで、遺骨は手元に置き、位牌はクリスタルに父の俗名と没年月日を彫り込んでもらうことにした。出来上がった位牌がとても美しかったので、早苗は桑野に礼状を書いた。すると思いがけず桑野から返書が届いた。そこには流れるような文章で、お役に立つことができたと知って嬉しいと綴られていた。電話かメールで用件を済ますのが当たり前の時代に、この手紙は懐かしい昭和の香りと気配りの「粋」を運んできたのだった。

その年の12月、日本老年医学会が終末期の「胃ろう」などの延命措置は本人の生き方や価値観に沿わない場合には中止できる旨の指針案を発表した。それは、これまで「患者を生かすこと」が最優先だった日本の医療が個々の人生に寄り添うことを認める勇気ある一歩だった。

エピローグ　短い旅の始まりに

２０１５年夏、早苗は御茶ノ水駅に降り立った。狭い歩道に人がごった返す御茶の水橋を避けて人通りがまばらな聖橋を渡り、大きな街路樹の並ぶ歩道をゆっくり歩いて湯島側の門から大学の建物に入った。早苗が在籍した頃とは大きく様変わりした構内を迷いながら進み、看護学部の病理教授室の前に立ってドアをノックした。

室内から出てきたのは立石だった。

「久しぶりだな、入りたまえ」

立石は早苗を招き入れてソファを勧め、自分はデスクを回ってひじ掛けの付いた椅子に座った。

「先生はお元気そうですね」

ソファに腰かけて手土産のせんべいをテーブルに置いた早苗がそう言うと、立石は薄くなった髪をかき上げて笑いながら答えた。

「いやぁ、煙草やめてピロリを退治したら10キロも太っちゃってね、歳をとったよ。

あと2年で65歳、定年退官だ。黒木君だって、もう60を過ぎただろ？」

少し間をおいて早苗の容姿を品定めするように見てから、立石は続けた。

「でも60代には見えないよ、女性は化けれるからいいなぁ」

立石の無礼な褒め言葉に対して早苗は笑みを浮かべて言った。

「時代が変わりましたから、その辺の発言は気をつけてくださいね。昔、先生が日常的に私に言ったことは今だったらセクハラで即退場ですよ」

立石は笑いながら答えた。

「はっ、はっ、わかっているさ。これでも永田町の先生方よりはましな学習能力があるからね。ところで黒木君のお母さんは？」

「父が亡くなってから1年と10か月ほどで逝きました。認知症の前半は本当に大変でしたけど、亡くなる前の1年くらいはほぼ寝たきりでしたから介護は私のペースでできるようになって楽になりました。子宮癌によると思われる不正出血が認められてから未治療で5年間生きました」

「ほぅ、5年も……、そりゃ癌じゃなかったんだろう」

「いいえ、亡くなる1か月ほど前にイレウスを起こして入院したことがあって、その時のレントゲンとＣＴで子宮体部に１００円玉ほどの大きさの影を確認しました。イレウスを契機に体力が急激に低下すると、それまでは折り合いがついていた癌との力関係が崩れたのでしょうね、肺転移がラッシュで起こり、あっという間に亡くなりました。母の場合、原発巣は5年間増大することなく、イレウスを起こすまでは眠っていたことになります。こんなこともあるのですね」

立石は頷いてから椅子の背にもたれるようにして言った。

「そう言えば、芳賀を覚えているかい？」

「はい、以前お父さんの介護のために大学を辞めたと先生から聞きました。今でいうところの『介護離職』の走りだったんですよね」

「うん、その芳賀が死んだよ」

「えっ」

「先月のことだ。夜明け前、親父さんのオムツを替えている最中に心筋梗塞を起こしてね。朝、床に倒れて冷たくなっている彼を奥さんが発見した。その時、親父さんは息子の名前を呼びながら泣いていたそうだよ。結局、親父さんよりも先に自分が逝っちゃった」

「そうだったんですか……」

介護の過酷さを知っている早苗は芳賀が亡くなった時の状況を容易に想像することができた。芳賀がどんな気持ちで死んでいったのかを思うと目頭が熱くなった。そんな早苗の心中を察してか、立石が言った。

「黒木君は1人でご両親を2人とも自宅で看取ったんだろ、凄いよ。なかなかできることじゃない。見習わなくちゃいけないな」

早苗は背筋を伸ばして答えた。

「確かに、私はおつりがくるほど親孝行したと思っています。その結果、どんなに頑張ったつもりでも何某かの悔いは必ず残るものだということを知りました」

早苗は介護生活中に発症した手湿疹のためにボロボロになった自分の爪を眺めながら続けた。

「日本には家族が面倒を見るのは当たり前という風潮がまだ残っていますし、私もそう考える1人でした。でも、そんな甘いものじゃなかった。介護をやり遂げてみて、今は『親の在宅介護はやらなくて済むものならやらない方がいい』とはっきり言えます。もし私に子どもがいて老いた私が介護の必要な状態になったとしても、我が子には絶対やってほしくないです」

強い口調でそう言い切った早苗は1度大きく息を吐き出してから呟くように付け加えた。

「私が老いて動けなくなった時には、細胞のアポトーシス（体内で必要なくなった細胞が周囲に迷惑かけずに静かに消滅していくこと）みたいに、そっと消えたいと願っています」

立石は大きく頷いてから天井を見上げて言った。

「そうか、よほど大変だったんだな……。僕もこの頃思うんだ、もし死に方を選べるとしたら自分は癌で死にたいってね。癌なら死ぬまでの過程が予測できるから行動計画が立てやすい。抗腫瘍薬治療はしないで残された時間を活かして家族の負担にならないように自分で全部整理することができる。それから、末期の痛みに苦しむのは御免だから、最期は終末期鎮静で眠ったまま気づかないうちに逝くのが理想だな」

早苗は同意を示すように頷いたが、少し考えてから補足するように言った。

「立石先生の尊厳死の意志は固いかもしれませんが、普通の人は考えが変わることもありますから、医療側としては患者の気持ちを折に触れて何度でも確かめて心の変化に対応する必要がありますね。昔、先生が言っていたように、私たち自身が同じ病気になったと考えればできると思います。でも、そんな優しい医者がどれほどいるでしょうか……」

その時、壁に掛けられた病理同窓会の集合写真に目が留まり、早苗はしばらく眺めてから言った。

「今、医学部病理の教授は町田君、じゃなくて町田先生なんですね」

立石は明るい笑い声を立てた。予想通り自分ではなかったことは既に吹っ切れている様子だった。

「おぅ、そうだよ。あいつは次期学部長だ。黒木君、これから町田の教授室に寄っていくか？　何なら電話してやるよ」

「いいえ、先生から町田君によろしくお伝えいただければ十分です」

「そうか、教授室に乗り込んで先輩風を吹かせてくれれば良いストレス解消になるのに、黒木君も欲がないな。そう言えば、研究所で鶴見部長の後任だった渋沢先生が3月にガードナー賞を受賞したそうじゃないか、次はいよいよノーベル賞候補だね。黒木君も渋沢先生と一緒に関西の大学に行けば良かったのになぁ」

　早苗は苦笑して答えた。

「しばらくの間同じ研究室にいましたけど、渋沢先生は私なんかお呼びでない実験一筋の人でした。渋沢グループは若い大学院生たちがチームで研究していて、私は1人隅っこで病理医の仕事をしていましたから……」

「なるほど、あちらは免疫の実験では世界レベルだもんな、黒木君の人体病理の知識は必要ないか……。それで思い出したが、人体病理と言えば、近頃はちゃんと診断できる病理医を育てるのが難しくなってるよ。大学じゃ剖検数が激減していてね、黒木君のいた老人病院は他よりは多いがそれでも年間60例ほどだ」

　それを聞いた早苗は目を大きく見開いて言った。

「減少傾向は知っていましたが、そこまでとは驚きです。私が就職した当時の剖検数は年間300例を超えていましたから、考えてみれば私たちは勉強の機会に恵まれていたんですね」

「うん、その経験は今では手に入らないすごい財産なんだよ。どうだい、うちで非常勤講師をやらないか？」

立石の誘いに対して、早苗は力なく微笑んで言った。

「病理学を面白がってくれる若者を発掘したいですね。でも、私はもうこれで店じまいです、暫く休みたいので。今日は先生に聞いていただきたいことがあってこうして伺ったんです。長く剖検医を務めた経験から若い人に伝えたいことがあるものですから」

すると立石は身を乗り出して言った。

「ほぅ、聞かせて欲しいね」

早苗は言葉を選ぶようにゆっくりと答えた。

「人間は生まれてから老いて死ぬまでの長い道程の中で医療の助けを必要とする事態に度々遭遇します。そして、その人間が人生のどのステージにいるかによって求められる医療には違いがあるべきです。例えば子どもや若者や働き盛りの場合は命を救うことが最優先であることは言うまでもありませんが……」

ふと、加藤の記憶が過って、早苗は思った。

『今の医療技術があれば、もっと生きられたかもしれない』

それはあまりにも遠い感傷だった。早苗は言葉を続けた。

「高齢患者や終末期患者に対しては本人の意思と価値観を尊重する柔軟な医療があるべきだと思います。この場合、『クオリティ　オブ　ライフ』と言うよりはむしろ『クオリティ　オブ　デス』と表した方が合っているかもしれませんね」

立石は深く頷いて言った。

「まったく同感だ。これから超高齢化が加速する中で我々が考えなくちゃいけないことだ。医療は真の意味で患者側に立つことが求められている。今は個々の判断で終末期の『胃ろう』や『ＩＶＨ（中心静脈栄養）』などを止めたりしているが、一般病院は慈善事業ではないので現在の診療報酬の制度そのものを国レベルで考え直さなくちゃならない。巷では駆けつけた救急隊員が救命を拒否されて困惑するケースも増えている。延命措置を望まない患者に対する医療者側の体制が法整備も含めて全て整うのはまだ先のことだろう。暫くは混乱の時代が続くけど、少しずつ良くなると思うよ」

立石が時計に目をやったので早苗は立ち上がって言った。

「では、そろそろ失礼します」

「おぅ、そうか」

立石も応えるように椅子から立ち上がった。早苗はドアに向かいながらふと何かを思い出したように足を止め、振り返って言った。

「昔の話ですけど、病理解剖の時に遺体の中に置き忘れたペアンが火葬場で見つかって騒ぎになったことがあったそうですね。あの時の剖検医は先生と竹原先生だったのでしょう？」

立石はやや戸惑った表情を浮かべて答えた。

「あぁ、そんなこともあったな。たしか初めてのハウプトだった。外科手術後の症例だったかな……」

早苗は頷いて再びドアに向かい、立石に背を向けたまま言った。

「ある人から聞いたのですが、そのペアンの種類、マイクロモスキートだったそうですね」

「さぁ、どうだったか……、覚えがないな。もう何十年も前のことだし……」

返事をする立石の声のトーンが少し高くなっていた。目には見えない緊張の色が室内の空気を急激に塗り変えた。

早苗は改めて向き直り、立石の目を見据えて言った。

「いいえ、先生はよく覚えていらっしゃるはずです。だって、マイクロモスキートペアンは通常の病理解剖では使わないんですよ」

「……」

立石は眉間にしわを寄せて早苗の視線を避けるように白衣の胸ポケットから眼鏡を取り出していじっていた。早苗は立石の顔を覗き込むようにして畳み掛けた。

「そうですよね、先生。この種の特小ペアンは外科手術で主として局所の止血に用いられるもので、もともとこの大学の病理解剖室には置かれてないんです」

眼鏡を再びポケットに戻しながら立石が言った。

「いったい何が言いたいんだ」

早苗の頭の中には懐かしい大学院研究室の光景が浮かんでいた。今さら真実をほじくり出して糾弾するつもりはさらさらなかった。ただ、長年の研究者生活の名残とでも言うか、疑問を疑問のままにしたくなかったのだ。

早苗はぴしゃりと言った。

「私は確かめたいだけです」

「確かめるって、今さら何を」

呆れたように首を振りながら立石がそう答えると、早苗は話し出した。

「私は病理が外科のミスを肩代わりしたんだと思っています。但し、大学病院には外科がトップに君臨するヒエラルキーが存在しますから、剖検時に発見したマイクロモスキートペアンを外科にただ返すだけでは、話はなかったことにされて終わります。

だから先生と竹原先生はそのペアンをわざと遺体に戻した」

「いったい何のためにそんなことをする」

腕組みをした立石が天井を見上げてそう言うと、早苗は頷いて続けた。

「何のため？　その理由はこうです……火葬場でペアンが発見されれば、当然、遺族は医療ミスを疑って騒ぎ出す。そして外科の立場が危うくなったところで、病理が剖検時に置き忘れたものと説明して外科を救う……そのためです。そして病理は外科に取られたポジションを一つ奪い返すことに成功した。とてもズルいやり方……たぶん竹原先生のシナリオだったんでしょう？」

するると、立石は笑みを浮かべて言った。

「新人だった僕は遺体の中にマイクロモスキートペアンがあったことにすら気づかなかったと言ったら、黒木君は信じるか？」

「さぁ、どうでしょうか……。でも、どうしても知りたいことが一つあります、教えてください。そのマイクロモスキートペアンが死因に関与していたのですか？」

早苗の質問に対する立石の答えは間髪入れずに返ってきた。彼がこの件を今でもよく覚えていることは明らかだった。

「いいや、直接には関係なかった。死因は肺動脈血栓塞栓症だった」

それを聞いた早苗はゆっくり頷いて言った。

「ペアンが死因ではなかったんですね……スッキリしました。これで私もやっと足が洗えます。ありがとうございました」

廊下に出た早苗に立石が声を掛けた。

「黒木君はこれからどうするんだ？」

早苗は立石に笑みを見せながら敢えて明るい声で言った。

「まだ何も考えていません、贅沢をしなければ蓄えと年金で暮らせますから。自分勝手に時間を使うことができるようになって、介護中はグレー一色だった目の前がパッとカラフルになりました。でも、流れ去った時間を取り戻すことはできません。残酷ですね」

窓の外の景色に視線を移して、早苗は続けた。

「今日、十数年ぶりに御茶の水の若い学生たちに混じって歩きながら気付いたんです。私、みんなの歩くスピードについていけなくなっていた……」

「大丈夫か？」

立石が心配そうに尋ねると、早苗は再び微笑んで答えた。

「大丈夫ですよ。60を過ぎても私は病理学が大好きですし、探求心は健在ですから、いつかまた戻ってくるかもしれません。でも今は、やっと手に入れたこの大切な時間をご褒美だと思って、『ときめき』探しを堪能する短い旅に出かけます。それじゃ、先生もお元気で」

大学の建物の外に出ると、湯島聖堂を囲む鬱蒼とした樹々から賑やかな蝉の声が降ってきた。早苗は都心の熱い外気をため息とも深呼吸ともつかない大きな一息で吸ってはきだした。

自由になったはずなのに、早苗は日ごと『あっ、お父さんのごはん、用意しなくちゃ……、あれっ、お母さん何処？　探しに行かなくちゃ……』と、飛び起きる。目を開けても動悸はおさまらない。室内を見回すうちに、『２人とも死んじゃったよ。しっかりしなさい』と、脳が諭すように心の覚醒を促す。それが現実だった。介護の記憶から完全に解放されるまでにはもう少し時間がかかりそうだ。

こうして、介護を終えた早苗は医師としての仕事も終えた。色々あったが、それほど悪くない人生だ。「延命」一辺倒だった日本の医療が「命の終わり方」に関わる方向へと舵を切りつつあるこの時代に、自分たちは医学界の裾野で誠実に「死」と向き合ってきたと思うから……。

きらきらと輝く西日の中を、早苗は御茶ノ水駅に向かってゆっくり歩きだした。久しぶりに履いた革製のパンプスに痛めつけられて足が悲鳴を上げていた。歩道を行く若い人たちは早苗を次々に追い越して先に進んで行った。流れから取り残された早苗は周囲の目を気にするようなしぐさでそっと日傘を広げ、思い出し笑いのこぼれる顔を隠した。そして、自然に浮かんできた歌を小声で口ずさみながら歩いた。

『スカボローフェアに行くの？
パセリ、セージ、ローズマリーとタイム
そこに住むあの人に私のことを覚えているか尋ねてほしい
かつて私が心から愛したあの人に……』

終わり

あとがき

「人の一生は、その死をもって完結する」

これは多くの人々の共通認識であり、いわゆる常識です。ところが、当たり前すぎて何だか空々しく感じられます。この上滑りな感覚の原因は何処にあるのでしょう。

仮に「人」を「私」に置き換えてみると、「私の一生は、私の死をもって完結する」となります。ぐっと近づきましたが、まだ他人事のようで実感が湧きません。それでは、「私」は何を根拠に「死」を判定するのでしょうか。答えは、個人の見識、宗教観、社会的立場やその時の感情により千差万別です。ある人は「心肺機能の不可逆的停止」、別の人は「脳死」、他の人は「その両方」と答えるでしょう。または「生きている理由を失ったとき」とか「万策尽きたとき」と叙情的に考える人もいるでしょう。ここに、幾重にも重なり合った認識のズレが見えてきます。それは「死」の有する多面性ゆえの歪みです。この歪みを均して万人が納得する方向へと導く議論を回避しつつ、私たちは近代医療の劇的な発展の恩恵に浴してきました。

昭和の戦後から平成へと医療が進歩する中で、私たちは「人の死とは？」の問いに正面から挑む努力を何十年も後回しにしてきました。そして、そのツケがとても大きいことに気づき始めたのです。

従来、患者の立場になった人は治療方針に対して疑問を抱くことをせず、医者の経験不足を疑っても口に出すことを避け、「素人は全てを病院に託すのが最善」と、用意されたお任せコースに流されてきました。こうして社会は「命の終わり方」に無関心になったのです。ある人は、昭和四十三年（１９６８年）夏に札幌で行われた心臓移植の事例が歴史に暗い影を落としているとも言います。法の整備が不十分だった時代にドナー（臓器提供者）となった青年が本当に蘇生不可能だったのか……、それは今も謎のままです。

これまでの医療現場では積極的延命処置が最優先とされ、一般の人々もそれを「最も正しい医療」と受け入れてきました。その結果、現在の超高齢化社会の中では自然に死ぬことが難しくなってしまいました。そして、何本ものチューブや器械に繋がれて生かされ続けることに多くの人が疑問を感じるようになりました。自分の終わり方は自分で決めたいと考えるのも無理はありません。こうして、医療は単なる「延命」ではなく「個人の価値観や人生観」即ちクオリティ オブ ライフに配慮した対応を求められる時代になったのです。

現在の日本では、安楽死は勿論のこと尊厳死も認められていません。命が終点に近づいたとき、人は誰でも自然で穏やかな死を望みます。しかし、現実は必ずしも思い描いたとおりにはいきません。特に末期癌では麻薬が効かない激しい苦痛に襲われる場合があります。そのようなとき、耐え難い痛みからの解放を目的として患者を深く眠らせる終末期鎮静を行うかどうかについては賛否両論があり、明言を避ける医師が多いのです。このように、命を長らえるために走り続けてきた医学は、今、「人生の終わり方」即ちクオリティ オブ デスへの関与を真剣に問われているのです。これは、もはや医療分野の尽力だけでは解決することの出来ない難問です。

この問題を解す糸口を考えるとき、「死」の進行過程が重要な因子となります。例えば、人の身体をオーケストラに置き換えてみましょう。交響曲「いのち」の最終フレーズを吹奏し終えた肺は、もう二度と新鮮な空気で満たされることはありません。それまで絶え間なくリズムを刻み続けてきた心臓は、カーテンコールに応えるかのように小刻みに震えて仕事を終えます。やがて、張り巡らされた神経という名の「弦」を束ねる脳は、その精神活動の主を失ったことを知ります。こうして全ての楽器が沈黙し、「死」はいつの間にか現実となります。再び上がることのない人生の幕が実はどの瞬間に下ろされるのか、本当は誰も知らないのです。一方、脳が既に永眠した状態であっても、現代の医療技術は患者本人の意思とは別に、各楽器つまり肺や心臓の演奏を続けることを可能にしました。

通常の場合、人間は自分の死因を選ぶことはできません。しかし、人生の終わり方に価値を求めるのは自由です。そして、成熟した現代医療は1人1人の心情に寄り添い応えていかなければなりません。言い換えれば、「医」が「仁術」であった遠い昔の志への回帰がこれからの医療人に求められているのかもしれません。

本書の出版にあたり、ご尽力いただいた文芸社編成企画部の皆さん、そして、より良い仕上がりを目指して努力してくださった編集スタッフの皆さんに心から感謝いたします。

令和二年四月

倉島　知恵理

著者プロフィール
倉島 知恵理（くらしま ちえり）
1955年生まれ、歯科医師、歯学博士。
専門は免疫病理学。
15年間の研究職兼病院病理勤務の後、木版画工房StudioC開設、現在に至る。
埼玉県在住。
明海大学歯学部客員講師、大宮歯科衛生士専門学校非常勤講師。
■著書
『ストレイランドからの脱出』（2007年、文芸社）
『遥かなる八月に心かがよふ』（2009年、文芸社）
『ダイヤモンドと紙飛行機』（2012年、文芸社）
『ママは子守唄を歌わない』（2017年、文芸社）

クオリティ オブ デス　心優しき死神たちの物語

2020年10月15日　初版第1刷発行

著　者　倉島 知恵理
発行者　瓜谷 綱延
発行所　株式会社文芸社
〒160-0022　東京都新宿区新宿1－10－1
電話　03-5369-3060（代表）
03-5369-2299（販売）

印　刷　株式会社文芸社
製本所　株式会社MOTOMURA

©KURASHIMA Chieri 2020 Printed in Japan
乱丁本・落丁本はお手数ですが小社販売部宛にお送りください。

送料小社負担にてお取り替えいたします。

本書の一部、あるいは全部を無断で複写・複製・転載・放映、データ配信することは、法律で認められた場合を除き、著作権の侵害となります。

ISBN978-4-286-21973-8